KJB

Foto: Thomas Dashuber

Henriette Wich wurde 1970 in Landshut geboren. Sie studierte Germanistik und Philosophie in Regensburg und arbeitete danach als Lektorin in verschiedenen Kinderbuchverlagen. 2000 machte sie sich selbständig. Henriette Wich lebt und arbeitet als Kinder- und Jugendbuchautorin in München. ›Ein neuer Stern am Himmel‹ ist der erste Band der Serie ›Die Star-Schule‹.

Henriette Wich

DIE STAR-SCHULE

Ein neuer Stern am Himmel

KJB

MIX
Papier aus verantwortungsvollen Quellen
FSC® C083411
www.fsc.org

Erschienen bei FISCHER KJB

Umschlagillustration/-gestaltung: Nele Schütz Design, München
Satz: Pinkuin Satz und Datentechnik, Berlin
Druck und Bindung: CPI books GmbH, Leck
Printed in Germany
ISBN 978-3-7373-5134-8

1. Kapitel

Vicky saß im Schneidersitz auf dem Teppich. Sie lockerte die Schultern, ihre Arme und Beine. Als sie bis in die Fußspitzen entspannt war, machte sie die Augen zu und malte sich ihren Traum in den schönsten Farben aus. Den Traum, der ihr großes Geheimnis war. Nicht mal ihrer besten Freundin Sara hatte sie davon erzählt, weil das alles einfach zu verrückt und natürlich völlig größenwahnsinnig war. Dennoch kehrte dieser Traum immer wieder, sie konnte nichts dagegen tun.

Vicky stellte sich vor, wie es sich anfühlen würde, wenn ihr Traum schon heute Wirklichkeit wäre. Sie holte tief Luft und flüsterte:

Ich bin ein Star.

Ich bin ein Star.

Ich bin ein …

»Hey Vicky!« Die Tür zu ihrem Zimmer wurde aufgerissen, und Sara platzte herein. »Wo bleibst du denn? Deine Eltern warten im Auto auf dich. Sie wollen …« Sara vergaß mitten im Satz, was sie eigentlich hatte sagen wollen. Stattdessen fing sie an zu kichern. »Was *machst* du da? Schläfst du etwa?«

Vicky wurde rot. »Natürlich nicht. Ich wollte nur … äh … ein bisschen zur Ruhe kommen, bevor es losgeht. Ist es wirklich schon so spät?«

»Allerdings. Du bist aufgeregt, stimmt's? Wäre ich an deiner Stelle auch. Vor 600 Leuten spielen – ich würde es wahrscheinlich gerade noch auf die Bühne schaffen und sofort tot umfallen.«

Mit einem Schlag war die schöne Entspannung verpufft. Vickys Herz begann wie eine aufgestörte Motte hektisch zu flattern. »Erzähl mir so was bloß nicht! Sag mir lieber, wie ich aussehe.« Vicky stand auf und drehte sich vor Sara einmal um die eigene Achse. Sie trug eine verwaschene Jeans und ein rotweiß gestreiftes Top.

Sara kniff kritisch die Augen zusammen. »Du siehst super aus. Aber ich würde nicht unbedingt barfuß gehen.«

»Das hatte ich auch nicht vor.« Vicky robbte auf den Knien umher und suchte unter dem Bett nach ihren Lieblingssandalen. »Mist! Ich kann nur eine Sandale finden. Wo ist die andere?«

»Cool bleiben.« Sara sah sich im Zimmer um, dessen Wände nahezu lückenlos mit Postern berühmter Popstars tapeziert waren. Beim Bett blieb Saras Blick hängen. Vickys Kater hatte es sich auf der geblümten

Tagesdecke gemütlich gemacht und schnurrte zufrieden. Zwischen seinen zusammengerollten Pfoten schimmerte etwas Rotes. »Ich glaube, ich weiß, wer deinen Schuh geklaut hat.«

Vicky schimpfte: »Du bist unmöglich, Tiger! Tut mir leid, aber die gehört mir.« Sanft, aber bestimmt entzog sie ihrem Kater das Beutestück.

»Miau!«, machte Tiger empört und fuhr seine Krallen aus.

Vicky lachte nur. Schnell schlüpfte sie in ihre Schuhe, nahm ihre Tasche und griff nach dem Gitarrenkoffer. »Bin startklar.«

»Toi, toi, toi!« Sara umarmte Vicky. »Es wird alles gut, du wirst sehen.«

Vicky war sich da nicht so sicher. Wie hatte sie bloß zusagen können, als Schramm, der Musiklehrer, sie gefragt hatte, ob sie ihren selbstkomponierten Song beim Sommerkonzert spielen würde? Sie musste völlig umnachtet gewesen sein. Aber jetzt war es zu spät, einen Rückzieher zu machen. Das wäre noch peinlicher.

Vicky und Sara liefen gemeinsam zum Auto und quetschten sich auf die enge Rückbank. Der Wagen schien die gesamte Sommerhitze des Tages gespeichert zu haben. Als Vicky ihren Gitarrenkoffer zwischen die Knie klemmte, hatte sie das Gefühl, in der Sauna zu sitzen.

»Alles klar, mein Schatz?«, fragte Vickys Mutter besorgt. »Du siehst blass aus. Was übrigens prima gegen Lampenfieber hilft, ist …«

Vicky grinste gequält. »Danke, Mama, nicht jetzt.« Ihre Mutter war wirklich in Ordnung, nur manchmal vergaß sie nach der Arbeit, ihren Job als Erzieherin zu Hause an der Garderobe abzugeben.

»Dann steige ich mal aufs Gas«, verkündete Vickys Vater. Trotz Protesten von der Vorder- und der Rückbank drehte er den Schlagersender im Radio voll auf und sang laut mit.

Vicky konnte sich nicht entscheiden, ob sie lieber lachen oder weinen sollte. Die Begeisterung für Musik hatte sie eindeutig von ihrem Vater geerbt, aber sein Musikgeschmack war so was von verboten, dass sie schon mit sechs Jahren dagegen rebelliert hatte, als sie anfing, Gitarre zu spielen.

Zum Glück dauerte die Fahrt nicht lange. Bei der Christa-Wolf-Gesamtschule schnappte Vickys Vater der Mathelehrerin die letzte Parklücke weg und entschuldigte sich: »Wir haben eine Künstlerin an Bord. Sie muss zur Bühne!«

»Na, wenn das so ist …« Frau Novi lächelte süßsauer. In der letzten Arbeit bei ihr hatte Vicky eine Drei Minus bekommen. Und das nur, weil die Novi »extrem großzügig« gewesen war.

Vicky trat die Flucht nach vorne an. Sie verabschiedete sich von Sara und bahnte sich einen Weg durch die Schülergrüppchen, die mit ihren Familien vor der Aula standen.

Drinnen war es erfreulich kühl. Im großen Probenraum hinter der Bühne stimmte gerade das Schulorchester die Instrumente. Vicky packte ihre Gitarre aus und zupfte die Saiten an, aber es hatte keinen Sinn bei dem Lärm. Sie würde ihr Instrument erst später stimmen können. Vicky setzte sich aufs Fensterbrett und atmete tief durch. Irgendwie musste sie diesen Abend überstehen, sie wusste nur noch nicht, wie.

»Hallo Vicky!« Herr Schramm kam freudestrahlend auf sie zu. »Da bist du ja. Ich freu mich schon auf deinen Auftritt. Wirst du deinen Song auswendig vortragen, oder brauchst du ein Notenpult?«

»Ich brauche kein Pult«, hörte Vicky sich sagen und bereute es in der nächsten Sekunde.

Sie hatte ihren Song selbst getextet und sich die Melodie dazu ausgedacht. Sie liebte diesen Song. Sie summte ihn unter der Dusche, beim Radfahren und jeden Morgen auf dem Weg zur Schule, doch ausgerechnet jetzt konnte sie sich an die erste Strophe nicht mehr erinnern! Jemand hatte in ihrem Gehirn das Licht ausgeschaltet, ohne ihr zu verraten, wo sich der Schalter befand.

»Viel Glück!« Der Musiklehrer klopfte ihr auf die Schulter und ließ sie alleine mit der größten Katastrophe ihres Lebens.

Die nächsten anderthalb Stunden erlebte Vicky wie einen Film. Das Schulorchester spielte ein Doppelkonzert von Bach, dann trug der Unterstufenchor zwei moderne Stücke vor. Nach einer kurzen Pause gab es eine Tanzeinlage der Jazz-Dance-AG und eine Musical-Nummer der Oberstufe. Alles lief reibungslos ab. Keiner machte Fehler oder fiel durch schräge Töne auf. Das Sommerkonzert war fast vorbei. Es fehlte nur noch die größte Blamage des Schuljahres: Vickys grandios verpatzter Auftritt.

»Bist du so weit?«, raunte Herr Schramm ihr zu.

»Ja, gleich«, behauptete Vicky. Sie hatte den Lichtschalter immer noch nicht gefunden und lenkte sich davon ab, indem sie ihre Gitarre besonders sorgfältig stimmte. Leider klangen viel zu bald alle Saiten so, wie sie klingen sollten.

Der Musiklehrer kündigte ihren Song an. Er ging von der Bühne ab, das Publikum klatschte erwartungsvoll – und Vicky musste raus.

Ihre Beine fühlten sich an, als ob sie zu einem Roboter gehörten. Sie schaffte es die wenigen Stufen die Bühne hoch und wurde vom Scheinwerferlicht geblendet. Was hatte Sara gesagt? Cool bleiben! Vicky setzte sich auf einen Stuhl und legte die linke Hand um den Gitarrenhals. Das Holz fühlte sich glatt und gut an. Mit der Berührung geschah etwas: Vicky konnte sich wieder an die erste Strophe erinnern. Sie war so erleichtert darüber, dass sie in den vorderen Zuschauerreihen nach Sara und ihren Eltern suchte.

Ein Fehler! Ein furchtbarer, schrecklicher, grausamer Fehler. Die Eltern und Sara entdeckte sie in der Aufregung nicht. Dafür sah sie einen jungen Mann mit dunklem Vollbart in der zweiten Reihe am Rand. Er hatte seinen Stuhl zum Gang gedreht und kehrte ihr demonstrativ den Rücken zu. Was war das denn für ein fieser Typ? Wenn er so wenig Lust auf ihren Song hatte, sollte er doch gleich rausgehen.

Das Publikum hatte längst aufgehört zu klatschen. Ein paar Leute räusperten sich, es wurde unruhig. Am liebsten wäre Vicky aufgestanden und einfach abgehauen. Aber dann dachte sie plötzlich: jetzt erst recht!

Sie suchte den ersten Gitarrengriff, legte die Finger an die richtigen Stellen und schwang sich innerlich auf den Rhythmus ein. Ein leichter, flirrender Sommer-Rhythmus.

Vicky spielte das Intro. Die ersten Takte klangen noch zaghaft, aber der Rhythmus war von Anfang an da. Vicky sang die erste Strophe.

Barfuß im Gras,
lauf ich plötzlich los.
Hab so viel Spaß.
Was ist nur mit mir los?

Und auf einmal war Vicky wieder auf der großen Wiese im Stadtpark. Ihrem Lieblingsort, wo sie fast jeden Tag hinradelte, alleine oder zu zweit mit Sara. Wo sie stundenlang auf einer Decke im Gras liegen konnte, während die Sonne auf ihren Rücken brannte und die Vögel in den Bäumen zwitscherten. Wo sie den Wolken beim Wettfliegen zusah, bis sie selber das Gefühl hatte, abzuheben.

Vicky sang den Refrain. Er pulsierte in ihrem Herzen, pulsierte so stark, dass er sich im Raum ausbreitete wie eine Welle.

Einfach weil Sommer ist,
Sommer in der Stadt.
Einfach weil Sommer ist,
den ich so sehr mag.

Bei der zweiten und dritten Strophe wurde Vicky immer sicherer. Sie vergaß alles um sich herum. Es gab nur noch den Sommer und Vicky und dieses unglaubliche Gefühl von Freiheit und Glück. Als sie den Refrain wiederholte, fingen die Leute im Publikum an, mitzuklatschen. Ein paar Schüler, die nur noch Stehplätze bekommen hatten, wiegten sich mit den Oberkörpern im Takt.

Vicky ließ den Song mit einem verträumten Gitarrensolo ausklingen. Die letzten gezupften Akkorde erinnerten an eine laue Sommernacht, an zirpende Zikaden unter dem Sternenhimmel. Vickys rechte Hand ruhte auf den Saiten. Die Luft im Saal vibrierte.

Stille.

Dann brach ein überwältigender Applaus los. Die Leute sprangen von den Plätzen auf, trampelten mit den Füßen und jubelten.

»Bravo, bravo!«, hörte Vicky Sara brüllen.

Langsam stand sie auf. Ihre Knie zitterten, als sie sich verbeugte. Dann hob sie den Kopf und suchte ihre Freundin. Sara winkte wie verrückt und hüpfte von einem Bein aufs andere. Vickys Vater platzte fast vor Stolz, und ihre Mutter schüttelte mehrfach ungläubig den Kopf. Vicky suchte weiter. Der Mann in der zweiten Reihe am Rand war nicht mehr da, aber sein Stuhl stand immer noch zum Gang hin gedreht. Vicky spürte einen winzigen Schmerz in der Brust. Als ob eine Maus ein Stück von ihrem Glück abgeknabbert hätte.

Es gab jemanden, dem ihr Song nicht gefallen hatte. Wann war der Mann rausgegangen? Gleich am

Anfang, beim Refrain oder erst kurz vor dem Ende? Warum grübelte sie überhaupt darüber nach? Es konnte ihr doch total egal sein. Sie würde den unverschämten Typen sowieso nie wiedersehen.

Vicky verbeugte sich ein letztes Mal, rief »Danke, danke!« und verließ die Bühne.

Auf der Treppe lief Sara ihr entgegen und warf sie mit ihrer Umarmung fast um. »Du warst sooo toll! Ich hab Gänsehaut bekommen, sieh mal!« Sara tippte auf ihren linken Arm.

»Ich glaub's dir ja!«, beteuerte Vicky.

Dann spürte sie die warmen Arme ihrer Mutter um ihren Nacken. »So hab ich dich noch nie erlebt. Du hast wundervoll gesungen.«

»Wundervoll ist gar kein Ausdruck«, widersprach ihr Vater. »Du hast uns umgehauen!«

Vicky wollte mit Sara und ihren Eltern in den Probenraum gehen, aber der Weg war versperrt. Plötzlich wurde sie von begeisterten Mitschülern, Eltern und Lehrern umlagert. Herr Schramm überhäufte sie mit Komplimenten, und sogar die Novi gratulierte »zur sehr guten Leistung«. Vicky schwirrte der Kopf. Ihr wurde schwindelig vom Lärm und dem vielen Lob.

Endlich legte sich der Ansturm etwas. Da kam ein Mann mit dunklem Vollbart nach vorne. Der Mann, der ihr demonstrativ den Rücken zugekehrt hatte!

Vicky kochte innerlich vor Wut, aber sie ließ sich nichts anmerken. Den Triumph gönnte sie ihm nicht, da konnte er lange warten.

Der Mann sah sie interessiert an. Seine Augen waren eisblau, was einen seltsamen Kontrast zu seinen dunklen Haaren bildete. »Du besitzt eine seltene Gabe«, sagte er. »Die Gabe, Menschen durch deine Musik glücklich zu machen.«

Vicky glaubte, sich verhört zu haben. »Wie bitte?«

»Der Funke ist übergesprungen«, redete der Mann unbeirrt weiter. »Als dein Song zu Ende war, habe ich überall im Publikum strahlende Gesichter gesehen. Das hat mich sehr berührt.«

»Äh … okay.« Vicky war so überrascht, dass ihr im ersten Moment die Worte fehlten.

»Du bist wirklich eine ganz tolle Sängerin.«

»Ach ja?« Vicky konnte sich die Frage nicht verkneifen: »Und warum haben Sie sich dann gelangweilt weggedreht?«

Der Mann fuhr sich lachend durch die Haare. »Entschuldige bitte! Ich wollte nicht unhöflich sein, aber das mache ich immer, um mich vom äußeren Eindruck nicht beeinflussen zu lassen. Du kennst doch sicher die *Blind Auditions* aus den Musik-Castingshows im Fernsehen?«

»Wo die Jury die Bewerber beim ersten Vorsingen

nicht sieht, weil die Sessel von der Bühne abgewandt sind?«

»Genau.«

Jetzt mischte sich Vickys Vater ein. »Wer sind Sie eigentlich? Kennen Sie meine Tochter?«

Der Mann schüttelte den Kopf. »Ich habe Vicky auf der Bühne heute das erste Mal gesehen – und gehört. Eine Hammerstimme übrigens! Da steckt unglaublich viel Soul drin. Aber zurück zu Ihrer Frage: Mein Name ist Friedrich, Tom Friedrich.« Er zog eine Visitenkarte aus der Innentasche seines Jacketts.

Vickys Mutter nahm sie und las mit gerunzelter Stirn. »Sie sind Talentscout? Wofür denn genau?«

»Ich reise herum und suche neue Talente für die Star-Schule.« Tom Friedrich richtete lächelnd seine blauen Augen auf Vicky. »Und heute habe ich wieder ein neues Talent gefunden. Herzlichen Glückwunsch, Vicky! Du hast eins der heißbegehrten Stipendien gewonnen.«

»Was?!?«, rief Vicky.

Ihr großer Traum, ein Star zu sein! War er gar nicht verrückt und völlig größenwahnsinnig? Gab es eine Chance, dass er in greifbarer Zukunft in Erfüllung ging?

»Bitte kneif mich mal in den Arm«, flüsterte Vicky Sara ins Ohr. »Autsch, doch nicht so fest!«

Sara grinste. »Ich hab nur getan, was du von mir verlangt hast. Man soll doch alle Wünsche von Stars erfüllen, sonst werden sie unausstehlich.«

Vicky konnte nicht auf Saras witzige Bemerkung eingehen. Sie musste die Neuigkeit erst mal verarbeiten. Sie hatte ein Stipendium gewonnen? Für eine Star-Schule? »Ist das ein Internat?«, fragte sie nach.

Tom Friedrich nickte. »Ja. Es ist wunderschön gelegen, direkt am Meer.«

Plötzlich rief Vickys Vater überrascht: »Sie meinen doch nicht etwa diese Superstar-Schule? Über die hab ich neulich einen Artikel gelesen. Da werden doch die größten Talente des Landes unterrichtet.«

»Ja, das stimmt«, sagte Herr Friedrich. »Ich erzähle gerne mehr darüber. Einen Prospekt habe ich auch dabei, da steht alles noch mal ganz ausführlich drin. Was halten Sie davon, wenn ich Sie zum Abendessen einlade? Der Italiener gegenüber hat Tische im Freien.«

Vickys Eltern sahen sich zögernd an.

»Warum nicht?«, stimmte Vickys Mutter schließlich zu. »Aber wir werden nichts überstürzen. Wir müssen uns das erst alles in Ruhe überlegen.«

»Natürlich.« Tom Friedrich nickte verständnisvoll. »Nehmen Sie sich ein paar Tage Zeit. Und wenn Sie dann grünes Licht geben, kommt es auf Vicky an.«

Vicky spürte ein Kribbeln im Bauch. »Wie meinen Sie das?«

»Die Entscheidung liegt letztlich bei dir. Möchtest du auf die Star-Schule gehen, Vicky?«, fragte Tom Friedrich.

Alle Augen richteten sich auf Vicky. Plötzlich stand sie wieder auf einer Bühne, mitten im Scheinwerferlicht.

2. Kapitel

»Bitte tu mir das nicht an. Geh jetzt endlich zu!«, stöhnte Vicky.

Dreimal hatte sie schon vergeblich versucht, ihren großen Koffer zu schließen, aber er wehrte sich hartnäckig. Eigentlich kein Wunder, denn Vicky hatte ihn bis zum Gehtnichtmehr vollgestopft.

Es half nichts, sie musste zu anderen Mitteln greifen. Vicky kniete sich auf den Koffer und drückte ihn mit beiden Händen fest zu. Dann ließ sie die rechte Hand kurz los, um mit der linken Hand den Reißverschluss zu schließen. Ein letzter Widerstand – und sie hatte es geschafft.

Erschöpft ließ sich Vicky auf den Koffer plumpsen. Es war nicht ihr einziges Gepäckstück. Auf dem Teppich in ihrem Zimmer türmten sich außerdem eine Sporttasche, ihr Gitarrenkoffer, ein Rucksack und zwei weitere, allerdings deutlich kleinere Koffer. Alle in Blau und brandneu. Ihr Vater hatte letzte Woche einen Anfall von Großzügigkeit gehabt und das Kofferset spendiert. Vicky hatte sich sofort in das blaue Set verliebt. Die glänzenden Oberflächen schimmerten azurblau. Azurblau wie das Meer, das sie bald täglich sehen würde.

Vicky konnte es immer noch nicht richtig glauben. Das Sommerkonzert an der Schule, bei dem sie das Stipendium gewonnen hatte, war gerade mal vier Wochen her. Und heute begann ihr neues Leben an der Star-Schule! Natürlich hatte sie ja gesagt, nachdem ihre Eltern einverstanden gewesen waren. Das war gar keine Frage gewesen.

In knapp einer Stunde startete der Bus, der sie ins Internat bringen würde. Vicky wurde schwindelig, wenn sie daran dachte, was sie dort alles erwartete.

Da klopfte es an der Tür. Ihre Mutter kam herein. »Na, bist du bereit? Alles fertig gepackt?«

Vicky nickte. »Von mir aus kann's losgehen!«

»Warte noch kurz«, bat ihre Mutter. Sie setzte sich auf die Bettkante und machte ein Gesicht wie an Weihnachten, wenn sie kurz vor der Bescherung hinter dem Wohnzimmervorhang verschwand und das Glöckchen läutete. Langsam zog sie aus ihrer Jackentasche etwas Silbernes hervor.

Vicky starrte ungläubig darauf. »Was ist das denn?«

»Ich hab gehört, dass viele Stars einen Glücksbringer haben, den sie immer bei sich tragen.« Ihre Mutter lächelte. »Die meisten kaufen ihn sich nicht selbst, sondern bekommen ihn geschenkt. Deshalb hab ich mich mal umgesehen und das hier für dich gefunden. Ich hoffe, es gefällt dir.« Sie öffnete ihre Hand. Darin lag ein silbernes Kettchen mit einem kleinen Anhänger, einem fein geschwungenen Notenschlüssel.

»Du bist verrückt!«, rief Vicky begeistert. Sie stand auf und ließ sich von ihrer Mutter die Kette um den Hals legen. Sie lag kühl und glatt auf der Haut. Schnell lief Vicky zum Spiegel. Die Kette passte perfekt zu ihrem türkisfarbenen Kleid. »Danke, Mama!«

Ihre Mutter trat von hinten an sie heran. »Ich bin sehr stolz auf dich, und ich wünsch dir eine ganz tolle Zeit an deiner neuen Schule.«

Plötzlich schossen Vicky Tränen in die Augen. Sie umarmte ihre Mutter und flüsterte mit erstickter Stimme: »Danke.«

»Bitte nicht weinen, hörst du?« Ihre Mutter löste sich aus der Umarmung. »Sonst heule ich sofort mit.«

»Wer heult hier?« Vickys Vater stand auf einmal im Zimmer. Seine Stimme klang empört. »Habt ihr etwa diesen Pfefferminzstift benutzt, den die Schauspieler verwenden, wenn sie in einer dramatischen Szene dauernd weinen sollen?«

Vicky musste lachen. »Nein, wir haben in eine Chilischote gebissen. Das funktioniert genauso gut.«

»Ich hab's geahnt. Stars haben immer irgendeinen cleveren Trick parat.« Er wuschelte ihr zärtlich durch die

Haare. »Pass gut auf dich auf! Wir werden dich schrecklich vermissen, aber in den Weihnachtsferien sehen wir uns ja wieder. Dann kommst du nach Hause.«

»Nach Hause«, wiederholte Vicky in Gedanken für sich. Zwölf Jahre lang war das ganz selbstverständlich ihr Elternhaus gewesen, doch bald würde sie ein zweites Zuhause haben: die Star-Schule.

Plötzlich strich etwas Weiches um ihre Beine. Tiger spürte es genau. Irgendetwas lag in der Luft, das sein beschauliches Katzenleben radikal verändern würde, und das fand er gar nicht gut. Energisch drückte er seine feuchte Nase gegen Vickys Unterschenkel.

Vicky nahm den Kater hoch und kraulte ihn hinter den Ohren. »Nicht traurig sein, Tiger! Du darfst leider nicht mit ins Internat. Aber du hast ja noch Mama und Papa, und wenn dir mal langweilig ist, gehst du einfach rüber zu Sara. Die spielt bestimmt mit dir.«

Der Kater schmiegte sich an ihren Hals. In der nächsten Sekunde machte er »Miau!«, strampelte und wollte unbedingt wieder runter. Blitzschnell sauste er zur offenen Tür hinaus, die in den Garten führte. Dort hatte er einen Vogel entdeckt, dem er hinterherjagte.

»Mach's gut!«, rief Vicky ihm nach, aber da war Tiger schon längst um die Ecke verschwunden.

Vickys Vater sah nervös auf seine Armbanduhr. »Heute ist zwar Sonntag und nicht so viel Verkehr auf den Straßen. Trotzdem sollten wir langsam los. Der Bus fährt pünktlich vom Rathaus ab.«

»Aber Sara ist noch nicht da. Sie wollte doch mit uns mitfahren.« Vicky würde ganz bestimmt nicht losfahren, ohne sich von ihrer besten Freundin zu verabschieden.

Sie warteten ungeduldig. Nach ein paar Minuten kam ihre Freundin über den Rasen aufs Haus zu. Sie hatte beide Hände in den Taschen ihrer Shorts vergraben und sah so unglücklich aus, dass Vickys Herz sich sofort zusammenzog.

»Hallo«, murmelte Sara. »Jetzt ist es also so weit.«

»Ja …« Vicky gingen die Worte aus. Seit sie im Kindergarten zum ersten Mal miteinander im Sandkasten gespielt hatten, waren Sara und sie unzertrennlich. Wie sollte sie es bloß einen Tag ohne ihre beste Freundin aushalten?

Vickys Vater wuchtete den großen Koffer hoch. »Ich bring schon mal das Gepäck zum Wagen.«

Vickys Mutter half ihm dabei. Vicky und Sara blieben allein zurück. Die Morgensonne schien zum Fenster herein und leuchtete wie ein Scheinwerfer auf Vickys Lieblingsposter von Adele. Draußen im Garten zwitscherte eine Amsel ihr unbeschwertes Sommerlied.

Sara starrte auf ihre ausgefransten Leinenschuhe. »In ein paar Monaten werde ich dich anrufen und nur noch deinen Agenten erreichen. Dann bist du berühmt und hast mich vergessen. Du wirst dich nicht mal mehr an meinen Namen erinnern können.«

Vicky hatte fassungslos zugehört. »Sag mal, was redest du denn da? So was wird nie passieren. Du bist meine beste Freundin, und das wirst du auch bleiben. Weißt du nicht mehr, was ich in meinem Freundschaftssong geschrieben hab? Wenn nicht für immer …«

»… dann garantiert ewig«, beendete Sara die Liedzeile. Sie hob den Kopf, und endlich flog ein kleines Lächeln über ihr Gesicht. »Mensch, Vicky! Ich vermisse dich jetzt schon.«

»Ich dich auch!«

Sie fielen sich um den Hals und drückten sich ganz fest. Dann passierte es: Vicky musste doch heulen.

»Meldest du dich?«, fragte Sara.

Vicky lächelte die Tränen weg. »Klar«, versprach sie. Da fiel ihr etwas ein, das sie beinahe vergessen hatte. »Ich hab noch eine Überraschung für dich.« Vicky zog eine gelbe Pappschachtel aus ihrem Rucksack. »Da sind kleine Briefe für dich drin, dreißig Stück. Die reichen den ersten Monat lang. Für jeden Tag einen. Und danach schreibe ich neue Briefe, oder E-Mails.«

Sara schnappte nach Luft. »Du bist … du bist … unglaublich!«

Vicky streckte ihren Oberkörper, nahm eine Star-

Pose ein und warf ihrer Freundin über die Schulter hinweg einen selbstbewussten Blick zu. »Ich weiß!«

Sara prustete los. Ihr Lachen war so ansteckend, dass Vicky einen Kicheranfall bekam und gar nicht mehr aufhören konnte.

»Vicky, Sara!«, schallte es von der Garage herüber. »Wenn ihr nicht sofort einsteigt, rufe ich Tom Friedrich an und sage ihm, dass meine Tochter es sich doch noch mal anders überlegt hat und das Stipendium nicht haben will.«

»Neeeein!«, protestierte Vicky, schnappte sich ihren Rucksack und rannte mit Sara los.

Der Bus war riesig und sah mit den blau getönten Scheiben aus wie ein Raumschiff von einem fremden Planeten, das gerade in Vickys Heimatstadt vor dem Rathaus gelandet war. Die Sitzreihen waren erhöht. Darunter befand sich ein großer Stauraum fürs Gepäck. Der Busfahrer stand vor der geöffneten Klappe.

Lächelnd begrüßte er Vicky. »Guten Morgen! Du bist die letzte Schülerin, die ich heute abhole. Jetzt sind wir komplett.« Er ließ sich von Vickys Vater die Koffer reichen und verstaute sie mit geübten Handgriffen im Bauch des Reisebusses.

Überraschend schnell war er fertig und wollte losfahren. Vicky war fast froh darum. Je länger der Abschied dauerte, umso schwerer wurde er. Ein letztes Mal umarmte sie ihre Eltern und Sara. Küsschen wurden ausgetauscht, und Vicky bekam noch einmal Wünsche mit auf den Weg: »Alles Gute, Liebes!« – »Viel Glück!« – »Bis bald!«

An der Vordertür drehte sie sich um und winkte. Ihre Familie stand nur ein paar Meter von ihr entfernt, schien jedoch bereits merkwürdig in die Ferne gerückt. Entschlossen schulterte Vicky ihren Rucksack und stieg die Stufen hoch. Bevor sie jemanden sehen konnte, hörte sie das Lachen und aufgeregte Wortfetzen, die hin und her flogen.

Jetzt war sie oben. Etwa 50 Mädchen blickten ihr neugierig entgegen, Mädchen aus allen sechs Jahrgängen der Star-Schule. Die ältesten waren schon siebzehn, die meisten kannten sich und waren miteinander befreundet. Vicky dagegen kannte niemanden. Zögernd blieb sie im Mittelgang stehen.

»Worauf wartest du noch?«, rief ein Mädchen aus der dritten Reihe. Ihre dunklen Augen blitzten spöttisch. »Suchst du deinen Bodyguard? Da muss ich dich leider enttäuschen. So was gibt es hier nicht.«

Die anderen Schülerinnen lachten. Vicky wurde rot. Na toll, das war ja ein super Start! Andere Leute verteidigte sie gerne, aber wenn es um sie selbst ging, war sie leider noch nie besonders schlagfertig gewesen.

Vicky ignorierte das Mädchen und fragte so ruhig wie möglich: »Wo ist denn noch was frei?«

»Hier!« Eine junge Schülerin in der ersten Reihe legte ihr Buch auf den kleinen Klapptisch vor sich. »Hallo, ich bin Luna. Und wie heißt du?«

»Viktoria, aber alle nennen mich Vicky.« Sie verstaute ihren Rucksack im oberen Fach und schlüpfte erleichtert neben Luna auf den Platz am Gang.

Der Busfahrer startete den Motor. Die Klimaanlage summte leise vor sich hin, und fast lautlos setzte sich der große Reisebus in Bewegung. Die anderen Mädchen nahmen ihre Gespräche wieder auf. Vicky lehnte sich im weich gepolsterten Sitz zurück und betrachtete Luna unauffällig von der Seite. Sie war ungefähr zwölf Jahre alt und hatte rote lange Haare, die wie ein Seidenvorhang ihr schmales Gesicht einrahmten. Luna saß kerzengerade auf ihrem Platz und strahlte eine große Ruhe aus.

»Fährst du auch zum ersten Mal ins Internat?«, fragte Vicky.

Luna nickte. »Ja. Ich bin schon total aufgeregt.«

Vicky war überrascht. Nach außen wirkte Luna wie ein Fels in der Brandung, aber vielleicht täuschte das ja.

Vicky ging es ähnlich wie Luna. Sie konnte es kaum

erwarten. Nur noch fünf Stunden trennten sie vom Meer und von der Star-Schule!

»Dann kommen wir beide in die Newcomer-Klasse«, sagte Luna fröhlich. »Ich hab gehört, dass wir nur zwölf Schülerinnen in der sechsten Jahrgangsstufe sein werden. Die Klassen sind insgesamt sehr klein. Toll, oder? Da lernt man richtig viel.«

»Und man kommt dauernd dran«, gab Vicky zu bedenken. Sie wusste noch nicht, ob sie diese Tatsache gut oder schlecht finden sollte. Auf jeden Fall wurde man so gleich auf die Zukunft vorbereitet, wenn man später als Star der Presse Interviews geben musste.

Luna musste lachen. »Ja, du hast recht. Aber weißt du, worauf ich mich am meisten freue? Auf das große Tanzstudio! Das ist im Dünenhaus und hat riesige Panoramafenster. Beim Tanzen kann man den Außenpool sehen und dahinter das Meer.«

Es stellte sich heraus, dass Luna später Tänzerin werden wollte. Sie träumte schon seit Jahren von der Star-Schule und hatte alles über das berühmte Internat gelesen, was sie finden konnte.

Bereitwillig gab sie ihr Wissen an Vicky weiter. »Du weißt ja bestimmt schon, dass wir für jedes Fach einen extra Lehrer haben, und dann gibt es auch noch die Gastdozenten.« Luna zählte die Namen der Lehrer für Gesang, Komposition, Schauspiel und Tanz auf.

Soweit war es nichts Neues für Vicky, doch Luna wusste auch über Hintergründe und Details der einzelnen Karrieren Bescheid.

»Am meisten bin ich auf die Rektorin gespannt«, gestand sie. »Julia Böhme war früher eine bekannte Schauspielerin und Sängerin, hat sich aber mit 40 Jahren plötzlich aus dem Showbusiness zurückgezogen. Bis heute kennt keiner den Grund dafür.«

»Ja, davon hab ich gehört. Klingt alles sehr geheimnisvoll.« Vicky kramte eine Tüte Gummibärchen aus ihrem Rucksack und bot Luna davon an.

Luna fischte sich gezielt drei rote Bärchen raus. »Die mag ich am liebsten.«

»Ich auch.« Vicky grinste. Das war schon die zweite Gemeinsamkeit zwischen ihnen.

Es war schön, mit Luna zu reden. Sie schien echt nett zu sein. Vicky kuschelte sich in ihren Sessel und merkte, wie sie sich langsam entspannte. Draußen flogen grüne Wiesen und Wälder vorbei. Dazwischen leuchtete roter Mohn wie Tupfen auf einem Sommerkleid.

»Und was ist mit dir?«, fragte Luna. »Was ist dein Traumberuf?«

»Singer-Songwriterin«, sagte Vicky. »Ich begleite mich mit der Gitarre und komponiere Songs … na ja … ich versuche es wenigstens. Hab erst vor kurzem damit angefangen.«

Luna pfiff durch die Zähne. »Wow! Das ist toll.«

Vicky räusperte sich verlegen. Sie stand nicht gerne im Mittelpunkt. »Erzähl doch weiter vom Internat. Das ist viel spannender.«

Luna ging gerne auf ihren Wunsch ein. Mit leuchtenden Augen beschrieb sie die Star-Schule mit ihren verschiedenen Gebäuden, den Tagesablauf und die Freizeitangebote. Luna hatte sich gründlich informiert.

Plötzlich beugte sich von der anderen Seite des Gangs ein sehr schlankes Mädchen herüber. Sie trug ein weißes T-Shirt, auf dem in pinkfarbenen Buchstaben *Coco – a star is born* stand. »Beeindruckend, was du alles weißt! Aber das wird dir auf der Star-Schule nichts nützen. Da musst du kreativ sein, Bühnenpräsenz haben und originell sein. Das sind alles Eigenschaften, die du offensichtlich nicht besitzt. Tja, tut mir echt leid für dich.« Ihre Stimme triefte vor Mitleid, aber ihre Augen sprachen eine völlig andere Sprache.

Luna verstummte. Coco hatte sie überrumpelt.

Vicky ärgerte sich. »Überlass die Beurteilungen mal ruhig den Lehrern«, gab sie zurück. »Vielleicht stellen die ja fest, dass du nur halb so originell bist, wie du aussiehst.«

Coco pustete sich verächtlich eine Ponyfranse aus der Stirn. »Was geht dich das an? Hab ich mit dir geredet, oder was?«

»Ja, aber nur kurz«, sagte Vicky. »Ich hab nämlich keine Lust, mich weiter mit dir zu unterhalten.« Sie zeigte Coco die kalte Schulter.

Coco wandte sich ab und flüsterte dem Mädchen neben ihr etwas ins Ohr. Die sah Coco bewundernd an und nickte. Dann gab sie Coco einen von ihren kleinen Kopfhörern, und die beiden hörten Musik.

Vicky seufzte. Mädchen wie Coco kannte sie leider nur zu gut. Solche Lästerziegen gab es auch in ihrer alten Klasse.

»Danke«, flüsterte Luna. »Du hast mich gerettet.«

Vicky winkte ab. »Keine Ursache. Hab ich gern gemacht. Sag mal, weißt du zufällig, ob Coco in unserer Klasse ist?«

»Leider nicht.« Diesmal konnte Luna nicht weiterhelfen.

Vicky seufzte. Egal ob Coco zu den Newcomern gehörte oder in eine höhere Klasse ging, bei einem Internat mit insgesamt nur etwa 70 Schülerinnen war eins jetzt schon klar: Mit Coco würde es noch jede Menge Ärger geben!

Vicky und Luna redeten noch ein bisschen, doch bald wurde Vicky müde und döste vor sich hin, während Luna ihren Krimi weiterlas. Die Unterhaltungen der anderen flossen zu einer beruhigenden Geräuschkulisse zusammen, die sich wie sanftes Meeresrauschen anhörte. Vicky glitt in einen traumlosen Schlaf hinüber.

Plötzlich berührte jemand sie an der Schulter. »Wach auf, Vicky! Sonst verpasst du das Beste.«

Vicky schreckte hoch. »Was denn?«

Luna sagte etwas, aber Vicky hörte nicht zu. Beim Blick aus dem Fenster wusste sie sofort, was Luna gemeint hatte.

Der Reisebus hatte den Fuß eines Hügels erreicht. Ganz oben thronte ein großes Haus. Die Abendsonne tauchte das mit Schilfrohr gedeckte Dach in goldenes Licht. Die Außenfassade war in einem warmen Rotton gestrichen und hatte zwei lange Terrassen. Darunter erstreckte sich ein weitläufiger Garten, der in eine Dünenlandschaft überging. Sanddornbüsche, die Zweige voller orangefarbener Beeren, wiegten sich im Wind, der vom Meer herüberwehte. Sanfte Wellen schäumten ans Ufer und umspülten den feinen Sandstrand. Darüber spannte sich ein blassblauer Himmel. Vicky hatte noch nie so etwas Schönes gesehen.

»*Unsere* Star-Schule«, hörte sie eine Stimme hinter sich. Durch den Mittelgang ging ein erwachsenes Mädchen nach vorne zum Fahrer, um zur großen Frontscheibe hinauszusehen. »Tut das gut, endlich wieder hier zu sein!« Sie stand eine Weile einfach nur da und schaute nach draußen.

Irgendwann drehte sie sich um, um an ihren Platz zurückzukehren. Auf dem Weg nickte sie den Schülerinnen in den ersten Reihen kurz zu. »Ich beneide euch. Ihr habt noch so viele wundervolle Jahre vor euch. Genießt sie in vollen Zügen!«

»Das werde ich«, antwortete Vicky leise. Es war ein feierliches Versprechen, und tief in ihrem Innern wusste sie, dass sie es halten würde.

3. Kapitel

Vicky fühlte sich wie im Auge eines Sturms. Sie stand mit ihren Koffern vor dem Bus und sog in tiefen Zügen die frische, salzige Meerluft ein. Rings um sie herum tobte das Leben. Die Star-Schülerinnen sprangen aus dem Bus und suchten nach ihren Koffern und Sporttaschen. Mit großem Hallo wurden die Älteren von ihren Mitschülerinnen begrüßt, die in der Nähe des Internats wohnten und mit dem Auto angereist waren.

»Hi Marit! Du bist ja braungebrannt! Wo warst du denn in den Ferien?« – »Lass dich drücken, Chiara!« – »Wie geht's dir, Pauline? War's schön in den Bergen?«

Vicky fiel auf, dass die Mädchen Armbänder an den Handgelenken trugen. Manche waren grün, andere orange und wieder andere blau, aber alle auf dieselbe Art aus dünnen Lederriemen geflochten.

Vicky machte Luna darauf aufmerksam. »Sieht hübsch aus. Hat das irgendwas zu bedeuten?«

Luna nickte. »An den Armbändern erkennt man, in welche Klasse die Schülerinnen gehen. Aber frag mich bitte nicht, welche Farbe für welche Klassenstufe steht. Ich weiß nur, dass wir auch Armbänder bekommen werden.«

Vicky griff nach der Kette von ihrer Mutter. Wenn sie bald ein Armband tragen würde, hatte sie schon zwei Glücksbringer!

Einige Mädchen machten sich jetzt auf den Weg zu ihren Unterkünften. Sie redeten über das vergangene Schuljahr und den ersten Abend im Internat. Vicky schwirrte der Kopf. Sie hatte keine Ahnung, wo sie hinmusste, und beschloss, einfach abzuwarten.

Luna stellte sich auf die Zehenspitzen. »Es gibt jemanden, der sich um die Newcomer kümmert, hab ich gehört. Derjenige müsste uns eigentlich abholen …«

Ihre restlichen Worte gingen in einem Freudenschrei unter. Das Mädchen aus dem Bus, das die Bemerkung mit den Bodyguards gemacht hatte, fiel einer älteren Schülerin um den Hals. Die beiden sahen sich verblüffend ähnlich. Beide hatten schwarze, leicht gewellte Haare und eine sportliche Figur.

»Sophia! Du glaubst gar nicht, wie öde der erste Campingurlaub ohne dich war! Ich wäre fast gestorben vor Langeweile.«

»Wie ich sehe, lebst du noch, Maxi.« Sophia grinste amüsiert. »Meine kleine Schwester! Gestern noch ein Baby, und jetzt bist du auch eine Star-Schülerin.«

»Das Baby nimmst du sofort zurück!«

»Nö, wieso?«

Die temperamentvollen Schwestern übertönten mit ihren lebhaften Stimmen die übrigen Gespräche. Vicky entfernte sich ein Stück und hielt mit Luna weiter Ausschau nach einem Lehrer.

Da kam eine junge Frau mit einem bunt gemusterten Sommerschal auf Vicky und Luna zu. Sie hatte einen offenen, wachen Blick und ein warmherziges Lächeln. »Herzlich willkommen auf der Star-Schule! Ich bin Celina Pinto, die Vertrauenslehrerin der Newcomer, und wer seid ihr?«

Vicky und Luna nannten ihre Namen. Frau Pinto hakte sie auf der Liste auf ihrem roten Klemmbrett ab. »Schön, dass ihr hier seid. Hattet ihr eine gute Reise?«

»Ja, war alles super.« Vicky betrachtete fasziniert die Vertrauenslehrerin. Ihre Haut schimmerte goldbraun. Es war ihr natürlicher Teint, sie trug kein Make-up und sah trotzdem wunderschön aus. Vicky vermutete, dass sie Ende dreißig, höchstens vierzig Jahre alt war und ihre Familie aus Spanien oder Südamerika kam.

»Um eure Koffer müsst ihr euch nicht kümmern«, sagte Celina Pinto. »Die werden auf eure Zimmer gebracht. Nur euer Handgepäck und eure Instrumentenkoffer solltet ihr selbst tragen.«

Vicky hatte den Gitarrenkoffer bereits umgehängt. Ihre Gitarre ließ sie grundsätzlich nicht aus den Augen. Die war ihr kostbarster Schatz!

»Seid ihr so weit? Gut.« Die Vertrauenslehrerin löste den Schal von ihrem Hals und ließ ihn im Wind flattern. »Alle Newcomer bitte zu mir!«

Es gab große Aufregung, bis sich schließlich die Schülerinnen der sechsten Klasse um Celina Pinto versammelt hatten. *Coco – a star is born* mit großer Sonnenbrille drängelte sich vor. Ihr Rucksack streifte dabei Vickys Arm. Irgendein unangenehm spitzer Gegenstand befand sich darin.

»Ich hab's geahnt«, raunte Vicky Luna zu, während sie sich den Arm rieb. »Coco ist in unserer Klasse.«

Luna verdrehte die Augen. »Na dann, viel Spaß!«

Und noch ein bekanntes Gesicht entdeckte Vicky: Maxi. Sie erzählte gerade eine lustige Geschichte über eine Hollywood-Schauspielerin. Ob Maxi immer so laut war?

Vicky zählte rasch die Köpfe durch. Mit Luna und ihr selbst kam sie nur auf elf Schülerinnen. Sollten es nicht insgesamt zwölf Mädchen sein? Sie wollte Luna danach fragen, aber die Vertrauenslehrerin redete schon weiter.

»Wir gehen jetzt gemeinsam zum Haupthaus«, erklärte Celina Pinto. »Dort werdet ihr wohnen, essen und schlafen. Ich zeige euch als Erstes die Schlafräume, dann könnt ihr euch ein bisschen frisch machen und die wichtigsten Dinge auspacken, die ihr für die erste Nacht braucht.«

Als sie mit den anderen auf das große Reetdachhaus zuging, stellte Vicky sich vor, wie der Schlafsaal wohl aussehen würde. So wie in den Internatsgeschichten, die sie früher verschlungen hatte? Ein heller Raum mit zwei Bettenreihen und weißen Vorhängen dazwischen? Oder gab es Stockwerkbetten? Gleich würde sie es wissen!

Sie traten in die Eingangshalle, in der sich ein offener Kamin und mehrere gemütliche Sofas und Sessel befanden. Im hinteren Bereich ging die Halle in einen Wintergarten über. Dort gab es statt Sesseln blauweiß gestreifte Strandkörbe, die zum Ausruhen und Lesen einluden.

»Das ist ja hier wie in einem Luxushotel!«, staunte Luna. »Fehlen nur noch die Kellner, die herumschwirren und Fruchtcocktails servieren.«

»Hm …« Vicky war voll und ganz damit beschäftigt, die neuen Eindrücke zu verarbeiten. An den Wänden hingen große Schwarzweißfotos von ehemaligen Schülerinnen, die inzwischen den Durchbruch als Sängerinnen, Schauspielerinnen oder Tänzerinnen geschafft hatten. Die Fotos waren alle signiert.

Vicky stand beeindruckt davor. Ob wohl eines Tages auch ein Foto von ihr dort hängen würde? Die Vorstellung war viel zu verrückt, als dass sie länger darüber nachdenken wollte.

»Im Erdgeschoss findet ihr die Küche und den Speisesaal«, erklärte Celina Pinto. »Im ersten Stock ist unsere Aula, wo die Konzerte, Tanz- und Theateraufführungen stattfinden. Und im zweiten und dritten Stockwerk sind die Schlafräume.«

Eine offene Treppe führte von der Eingangshalle hinauf in die oberen Stockwerke. Die Newcomer waren im Dachgeschoss untergebracht. Alle Türen auf dem Flur standen einladend offen und warteten auf ihre neuen Bewohnerinnen.

Die Vertrauenslehrerin lächelte in die Runde. »Die Räume für die Newcomer sind zwar etwas klein, aber dafür besonders schön. Ihr teilt euch zu zweit ein Doppelzimmer. Gerne könnt ihr selbst entscheiden, mit wem ihr zusammenwohnen möchtet.«

Vicky und Luna sahen sich an und waren sich sofort einig: Sie würden gemeinsam ein Doppelzimmer bewohnen! Blieb nur noch die Frage, welches. Sie warteten ein bisschen zu lange. Schon schwärmten Coco, Maxi und die anderen in die Zimmer aus.

Rasch zog Vicky Luna zum hinteren Teil des Flurs. Das letzte Zimmer auf der rechten Seite war noch frei.

Vicky lief begeistert zum Fenster. »Wir haben Meerblick!« Sie machte beide Flügel des Holzfensters auf und beugte sich hinaus. Der rote Sonnenball tauchte gerade am Horizont ins Meer. Die Wellen sahen aus wie flüssiger Bernstein.

»Ich glaub's nicht!« Luna war neben Vicky getreten. Der Wind spielte mit ihren langen Haaren.

Schweigend warteten sie, bis die Sonne untergegangen war und das Meer plötzlich seine Farbe veränderte. Jetzt war es graublau und fast nicht mehr vom Himmel zu unterscheiden. Unendlich weit konnte man sehen. Die Luft wurde kühler. Vicky legte fröstelnd die Arme um ihre Schultern und drehte sich um.

In der Mitte des Zimmers stützte ein alter Holzbalken die Decke. Unter der Dachschräge befanden sich zwei Betten aus hellem Birkenholz, getrennt von dazu passenden Kommoden. Die gegenüberliegende Wand war orange gestrichen. Dort standen zwei weiß lackierte Kleiderschränke und ein kleiner Schreibtisch mit einem Stuhl.

Luna entdeckte eine schmale Tür neben dem linken Schrank. »Wir haben ein eigenes Bad!«, jubelte sie.

Das Bad war klein, aber es hatte trotzdem Dusche und Badewanne. Ein Band aus blauen Fliesen mit Seesternen schmückte die ansonsten schlichten weißen Kacheln. Auf dem Bord über der Badewanne stand ein

Glas mit Steinen und Muscheln vom Strand. In einem zweiten Glas daneben schimmerten rosa Badeperlen.

»Meinst du, ich kann noch schnell ein Bad nehmen?«, fragte Vicky.

Luna warf einen Blick auf ihre Armbanduhr. »Ich fürchte, nicht. Wir müssen vor dem Abendessen noch unsere Rucksäcke auspacken.«

»Schade«, seufzte Vicky. Ein heißes Bad wäre nach der langen Fahrt genau das Richtige gewesen. Außerdem hatte sie in der Badewanne oft die besten Ideen zu neuen Songs. Aber die Wanne lief ihr ja nicht weg.

Vicky brauchte nicht lange zum Auspacken. Sie warf ihren Schlafanzug aufs Bett, räumte Kleider und Wäsche für den morgigen Tag in den Schrank und packte ihren Kulturbeutel aus. Kaum war sie fertig, ertönte ein Gong.

»Abendessen!«, rief Luna.

Plötzlich knurrte Vickys Magen. Vor lauter Aufregung hatte sie im Bus ihre Brotdose gar nicht ausgepackt und außer Gummibärchen nichts gegessen. Jetzt hatte sie einen Riesenhunger. Und natürlich war sie gespannt auf die Lehrer, die beim Abendessen dabei sein würden.

Vicky und Luna liefen die Treppe hinunter. Von allen Seiten strömten die Schülerinnen in den Speisesaal, dessen große Fenster auf den Garten hinausgingen. Es gab für jede Klasse einen langen Tisch mit Bänken. Die Newcomer saßen neben dem Lehrertisch. Leider waren nur noch neben Coco zwei Plätze frei. Coco hatte sich umgezogen und trug ein neues Outfit, das aus einem silbrig glitzernden Designer-Pulli, einer Röhrenjeans und hochhackigen Riemchensandalen bestand. Ihre Eltern mussten ziemlich reich sein.

»Ach, da ist ja wieder die Streberin mit ihrer neuen Freundin!«, begrüßte Coco Vicky und Luna. Cocos Nachbarin kicherte.

Vicky drehte sich suchend um. »Von wem spricht sie?«

»Keine Ahnung.« Luna zuckte mit den Schultern.

Eine ärgerliche Falte erschien auf Cocos Stirn, die ihr Gesicht nicht gerade schöner machte. »Ihr wisst genau, von wem ich spreche!«

Maxi rief vom vorderen Tischende laut herüber: »Kennt ihr den Unterschied zwischen Stars und Sternchen?« Sie machte eine kleine Kunstpause. »Stars sieht man jeden Tag im Fernsehen. Sternchen lästern über andere, damit sie wenigstens einmal im Jahr ins Fernsehen kommen.«

Cocos Nachbarin zuckte erschrocken zusammen. Die anderen lachten. Es dauerte eine Weile, bis Coco die Anspielung verstanden hatte. Beleidigt presste sie die Lippen aufeinander und schwieg.

Vicky grinste. »Der war gut«, sagte sie und nickte Maxi zu.

Maxi grinste zurück.

Auf einmal wurde es still im Speisesaal. Die Rektorin hatte sich von ihrem Platz erhoben. Konzentriert ließ sie ihren Blick über die Köpfe der Mädchen schweifen. Vicky kannte Julia Böhme von Fotos aus ihrer Zeit als Schauspielerin und Sängerin. In Wirklichkeit war sie noch beeindruckender. Jetzt begann die Rektorin leise zu sprechen. Man hörte trotzdem jedes Wort bis in den letzten Winkel des Saals.

»Wir starten in ein neues Schuljahr«, sagte Julia Böhme. »Ich begrüße euch alle sehr herzlich und freue mich auf eine kreative, arbeitsintensive Zeit. Genießt den ersten Abend und lasst es euch schmecken!«

Die Schülerinnen klopften auf die Tische. Dann wurde das Essen hereingebracht. Es gab Bratheringe mit Pommes und Salat. Vicky nahm sich von allem etwas und reichte die Schüssel mit den Pommes an das Mädchen weiter, das ihr gegenübersaß. Sie hieß Fleur und wirkte sehr jung.

»Nein, danke«, lehnte Fleur ab. »Ich esse keine Pommes.«

»Umso besser für mich!« Ihre Nachbarin Katharina lud sich gutgelaunt eine große Portion auf ihren Teller.

In den nächsten zehn Minuten hörte man vor allem

das Klappern von Messern und Gabeln. Vicky hatte noch nie so leckeren Brathering gegessen. Bestimmt war er ganz frisch und kam direkt aus dem Meer. Als sie ihren Teller leer gegessen hatte, sah sie neugierig zum Lehrertisch hinüber. Außer der Rektorin und Celina Pinto gab es noch eine weitere Frau und drei Männer. Mischa Weinfeld kannte Vicky aus dem Fernsehen. Er machte bei einer beliebten Castingshow als Choreograph mit. Neben ihm saß ein attraktiver südländischer Typ mit dunklem Bart und beeindruckenden Oberarmmuskeln. Ob das Murat Demir war, der deutsch-türkische Lehrer für Körperarbeit? Luna hatte erzählt, dass er früher als Stuntman bei Filmproduktionen mitgemacht hatte. Während Vicky noch darüber nachdachte, ging die Tür auf.

Ein junger Mann in einem lässigen Leinenanzug kam herein. Er trug eine rote Damenhandtasche unter dem Arm. Vicky musste zweimal hinsehen, bis sie es glauben konnte.

»Einen wunderschönen guten Abend zusammen! Ich bin Leo und wohne ein paar Häuser weiter am Strand. Ich möchte nicht stören, aber ich hab diese Tasche bei meinem Abendspaziergang draußen auf dem Busparkplatz gefunden. Gehört die vielleicht jemandem von euch?«

Alle drehten sich interessiert um und betrachteten

die auffällige Handtasche, doch niemand meldete sich.

Leo schüttelte bedauernd den Kopf. »Nein? Keiner vermisst diese wunderbare handgenähte Tasche? Italienisches Design, zeitlos und gleichzeitig modern! Wie schade.«

»Am besten geben Sie die Tasche beim Fundbüro oder bei der Polizei ab«, schlug die Rektorin vor.

Leo schien gar nicht richtig zuzuhören. Er öffnete den Verschluss und zog eine dicke, goldene Kette heraus. »Hey, was haben wir denn da Schönes? Die könnte dir gut stehen.« Er ging zu Luna und legte ihr die Kette um den Hals. »Du siehst toll damit aus! Ich schenke sie dir. Na, was sagst du?«

Luna wurde rot. »Aber … aber die ist doch viel zu teuer.«

Leo winkte ab. »Ein Nein akzeptiere ich nicht!« Er ging weiter zum Tisch der achten Klasse und überreichte einem verblüfften Mädchen Perlen-Ohrringe.

»Moment mal!« Mischa Weinfeld stand auf. »Das geht nicht. Sie können doch nicht einfach den Schmuck von fremden Leuten verschenken.«

»Warum denn nicht?« Leo zog die Augenbrauen hoch. »Das sind doch hier alles zukünftige Stars, oder? Und Stars müssen immer top gestylt sein. Für dich hab ich übrigens auch etwas.« Er steckte dem verdutzten

Choreographen einen protzigen Ring mit einem lila Edelstein an den Finger.

Mischa Weinfeld starrte auf den Ring. »Das geht jetzt aber wirklich zu weit! Und was fällt Ihnen eigentlich ein, mich zu duzen?«

Leo verschränkte grinsend die Arme vor der Brust. »Hast du ein Problem?«

Celina Pinto versuchte zu vermitteln. »Das ist doch kein Grund, sich aufzuregen. Wir sollten die Angelegenheit in aller Ruhe besprechen.«

»Da bin ich ganz deiner Meinung«, meldete sich der dritte Lehrer zu Wort. Er hatte einen englischen Akzent, und auch ihn kannte Vicky aus dem Fernsehen. Es war Sami Swan, der coole Hip-Hop-Sänger aus London. »Kommen Sie, Leo, wir setzen uns in den Wintergarten und reden …«

»Ich will aber nicht rausgehen!« Leo schwenkte die rote Handtasche wie eine Trophäe. »Bei den netten Mädchen gefällt es mir viel besser.«

Vicky runzelte die Stirn. Langsam fand sie diesen Leo ziemlich aufdringlich. Was wollte er eigentlich hier? War die Handtasche nur ein Vorwand, um sich in die Star-Schule einzuschmuggeln?

Plötzlich stand das erwachsene Mädchen aus dem Bus auf, das Vicky und die anderen Newcomer um ihre zukünftigen Jahre an der Star-Schule beneidet hatte.

»Das ist Anna aus der Elften«, hörte Vicky jemanden bewundernd flüstern. »Sie kann unglaublich gut singen und schauspielern.«

Anna ging mit einem Lächeln auf den Lippen zu Leo. »Ja, bleiben Sie hier! Wir machen eine Modenschau, das wird lustig. Geben Sie mir die Tasche! Vielen Dank.« Anna nahm die Handtasche und spazierte damit den Mittelgang zwischen den Tischen entlang wie ein Model auf einem Laufsteg.

»Was soll das denn jetzt?«, raunte Luna hinter vorgehaltener Hand.

Vicky konnte es sich auch nicht erklären. Vor allem: Warum saß die Rektorin seelenruhig am Tisch und schritt nicht ein? Oder war so eine Show im Internat etwa üblich?

Anna hatte ihre Laufsteg-Runde beendet und verbeugte sich vor ihren Mitschülerinnen. Ein paar Mädchen klatschten, aber die meisten waren zu verwirrt. Anna gab Leo die Handtasche zurück und zwinkerte ihm verschwörerisch zu. »Herzlich willkommen auf der Star-Schule! Sie sind unser neuer Styleberater, oder?«

Leo machte ein zerknirschtes Gesicht. Dann lachte er. »Du hast mich durchschaut! Dabei hab ich mir solche Mühe gegeben mit meiner improvisierten Theatereinlage. Meine Kollegen haben auch toll mitgespielt, aber es hat nichts genützt. Also jetzt noch mal für alle zum Mitschreiben: Ich heiße nicht Leo, sondern Dominik Helms und arbeite für internationale Mode-Designer. In diesem Schuljahr gebe ich an der Star-Schule einen Styling-Kurs.« Er verbeugte sich und nahm den begeisterten Applaus entgegen. »Danke, vielen Dank, ich freu mich sehr, hier zu sein!« Er setzte sich zu seinen Kollegen an den Tisch.

Vicky schüttelte ungläubig den Kopf. Die leeren Teller wurden abgeräumt, und der Nachtisch kam: Vanillepudding mit frischen Himbeeren. Als der Lärm sich etwas gelegt hatte, sagte Vicky: »Dieser Helms hat wirklich super gespielt. Und dass der Schmuck gar nicht echt war, darauf wäre ich nie gekommen. Ich bin total auf die Show reingefallen.«

»Ich auch«, gab Maxi zu. »Dabei hat meine Schwester Sophia mich vorgewarnt. Es gibt nämlich immer am ersten Abend eine Überraschungseinlage. Einmal ist ein singender Clown aufgetaucht, ein andermal hat sich ein Lehrer als Polizist verkleidet und wollte die Rektorin verhaften. Angeblich hatte sie eine Bank ausgeraubt!«

Alle lachten. Nur Fleur verzog leicht gequält den Mund. »Hoffentlich war das der einzige Scherz in diesem Schuljahr. Ich bin jedenfalls hergekommen, um zu tanzen und mich ernsthaft auf meine Karriere vorzubereiten.«

»Ich auch«, pflichtete Coco ihr bei. »Nur durch harte Arbeit wird man ein Star!«

Maxi kratzte genüsslich den letzten Rest Vanillepudding aus ihrer Schale. »Danke für dein Wort zum Sonntag. Das hat uns noch gefehlt.«

Vicky kicherte. Langsam wurde ihr diese Maxi richtig sympathisch.

4. Kapitel

Als Vicky endlich im Bett lag, konnte sie nicht einschlafen. Der Tag war viel zu aufregend gewesen. Luna lag auch noch wach und las im Schein der Nachttischlampe ihren Krimi zu Ende. *Tödliche Dünen* stand in blutroten Buchstaben auf dem Umschlag.

»Wie kannst du nur so was lesen?«, wunderte sich Vicky. »Kriegst du davon keine Albträume?«

Luna schüttelte den Kopf. »Nein, wieso denn? Ich liebe Krimis. Es gibt einen Mörder, und der wird am Ende gefasst. Das Böse wird beseitigt, und das Gute siegt. Im richtigen Leben ist das leider nicht immer so, siehe Coco.«

»Wem sagst du das«, seufzte Vicky. »Coco hat beim Abendessen damit angegeben, dass sie seit sechs Jahren privaten Gesangsunterricht und Tanzstunden nimmt – Hip Hop, Street Dance, Modern, das volle Programm.«

»Das heißt noch lange nichts«, wandte Luna ein. »Ihre Eltern sind anscheinend stinkreich. Wahrscheinlich haben sie den Platz für ihre Tochter gekauft, und Coco ist in Wirklichkeit total unbegabt.«

»Ja, vielleicht.«

Luna vertiefte sich wieder in ihren Krimi, und Vicky wickelte die Bettdecke fester um sich. Sie hatte ein mulmiges Gefühl, wenn sie an den Einsteiger-Tanz-Workshop bei Mischa Weinfeld dachte, den alle Newcomer belegen mussten. Sie konnte zwar ganz gut singen, aber Tanzen war noch nie ihr Ding gewesen. Nach zwei Jahren Ballett in der Grundschule hatte sie genervt aufgegeben. Zwischen ihrem Gehirn und ihren Füßen schien es ein kleines Kommunikationsproblem zu geben.

Vicky machte die Augen zu. Wenn sie sich konzentrierte, konnte sie von draußen das leise Rauschen des Meeres hören. Das hätte Sara gefallen. Sie liebte das Meer und strahlte über das ganze Gesicht, sobald jemand nur das Wort erwähnte.

Sara! Was sie jetzt wohl gerade machte? Hatte sie schon den ersten Brief gelesen? Vicky hätte ihre Freundin so gerne angerufen, aber es war viel zu spät. Ihre Eltern schliefen bestimmt auch schon. Mit einem Schlag verpuffte die Aufregung des Tages, und zurück blieb ein scheußliches Gefühl von Leere.

Luna hatte ihre Nase wieder in ihren Krimi gesteckt und schien weit weg zu sein. Auf einmal vermisste Vicky ihr Zimmer zu Hause, den vertrauten Geruch der Bettwäsche, das Geräusch der vorbeifahrenden Autos von der Straße. Wenn sie daheim mal nicht schlafen konnte, holte sie heimlich Tiger zu sich ins Bett. Der Kater rollte sich dann am Fußende ihres Bettes ein. Sein zufriedenes Schnurren begleitete Vicky innerhalb kürzester Zeit ins Reich der Träume.

Jetzt wälzte sie sich von einer Seite auf die andere und wurde dadurch nur noch unruhiger. Irgendwann machte Luna das Licht aus und sagte gute Nacht. Eine kleine Ewigkeit später schlief auch Vicky endlich ein.

In ihrem Traum war sie am Meer. Am Strand traf sie Coco und Sara, die Kleider aus zerstückelten Kofferteilen trugen und gemeinsam einen roboterartigen Tanz aufführten. Vicky wollte mit Sara reden, aber ihre Freundin tat so, als sei sie Luft. Kichernd rannte sie mit Coco ins Meer hinein. Monsterwellen brandeten gegen die Klippen. Plötzlich war Vicky selbst im Wasser und wurde von einer riesigen Welle überrollt. Während sie tiefer und tiefer sank, winkte ein furchterregender Krake ihr mit einer roten Handtasche zu, und Vicky hörte eine Stimme von ganz unten auf dem Meeresgrund: »Du hattest deine Chance, Vicky, du hättest ein Star werden können, aber jetzt ist es leider zu spät … spät … spät!« Die unheimliche Stimme verhallte als Echo.

Völlig gerädert wachte Vicky auf und wusste erst nicht, wo sie war. Durch die weißen Vorhänge schien die helle Morgensonne. Sie lag in einem fremden Doppelzimmer. Das andere Bett war leer, aber aus dem Bad hörte sie das Rauschen der Dusche und ein Mädchen, das einen bekannten Popsong trällerte – Luna! Vicky seufzte erleichtert. Zum Glück war alles nur ein Traum gewesen! Erleichtert warf sie die dünne Sommerdecke zurück und sprang aus dem Bett.

Vor dem Frühstück rief sie noch schnell ihre Eltern und Sara an. Es tat gut, ihre vertrauten Stimmen zu hören und Saras Begeisterung über die ersten beiden Briefe. Als Vicky ihr Handy ausschaltete, hatte sie zwar immer noch Heimweh, aber die Sehnsucht war nicht mehr ganz so schlimm.

Luna und Vicky gingen zum Frühstück. Vicky kannte vom gestrigen Abend schon alle Gesichter aus ihrer Klasse und merkte sich jetzt die Namen dazu: Da waren Luna, Maxi, die unkomplizierte Katharina und die umso kompliziertere Fleur. Dann natürlich die unvermeidliche Coco mit ihrer Nachbarin Jil, die Coco offenbar vom ersten Tag an grenzenlos bewunderte und bereits ihrem inoffiziellen Fanclub beigetreten war. Außerdem Lissi, eine Externe, die sich am Ankunftstag verspätet hatte. Michelle und Kristin kannten sich aus ihrer alten Schule, konnten sich aber anscheinend überhaupt nicht leiden. Die bildhübsche Azuka kam aus Südafrika, und Josephine sprach Deutsch mit amerikanischem Akzent, weil ihr Vater Amerikaner war und sie zweisprachig aufgewachsen war.

Vicky ließ sich gerade von Azuka erzählen, welche Musik aus ihrer Heimat sie gerne hörte, als Anna an den Tisch der Newcomer trat.

»Guten Morgen! Na, habt ihr gut geschlafen? Das freut mich. Wenn ihr mit dem Frühstück fertig seid, bringe ich euch jetzt zur Rektorin. Sie möchte euch persönlich begrüßen.«

Vickys Herz klopfte schneller. Damit hatte sie nicht gerechnet! Was sollte sie bloß sagen, wenn sie Julia Böhme gegenüberstand? Erst mal würde sie einfach lächeln, und dann würde ihr hoffentlich irgendwas Passendes einfallen.

Anna führte die Newcomer zum Dünenhaus. Vom Haupthaus ging es zunächst zum Busparkplatz und von dort etwa hundert Meter auf einer schmalen, gepflasterten Straße in Richtung Osten. Das Dünenhaus war ein liebevoll restaurierter Backsteinbau. Schon von weitem sah man die Panoramafenster des Tanzstudios, von dem Luna gesprochen hatte, und den großen Meerwasser-Außenpool.

»Innen gibt es auch noch einen Pool«, verriet Anna. »Im Herbst, wenn es draußen stürmisch wird, ist das herrlich. Ihr könnt danach in die Sauna gehen oder euch im Fitnessraum austoben – falls ihr nach den Workshops nicht zu müde seid.« Sie lachte. »Aber ich warne euch: Die Tage hier sind anstrengend und lang.«

Die Warnung schreckte Vicky nicht – eher im Gegenteil. Sie konnte es kaum erwarten loszulegen.

Das Büro der Rektorin befand sich im ersten Stock über dem Tanzstudio. Bevor Anna klopfte, drehte sie sich noch einmal um. »Ihr braucht nicht nervös zu sein. Die Rektorin ist eine tolle, starke Frau. Von ihr könnt ihr unglaublich viel lernen.« Nachdem von innen »Herein!« gerufen worden war, öffnete Anna die Tür.

»Hallo Frau Böhme! Hier bringe ich Ihnen die Schülerinnen der sechsten Klasse.«

Die Rektorin erhob sich hinter ihrem Schreibtisch und kam ein paar Schritte auf die Newcomer zu. »Herzlich willkommen!«

Es gab nur zwei Stühle in dem hellen Raum, der mit einem sandfarbenen Sisalteppich ausgelegt war, also mussten die Schülerinnen stehen. Vicky trat von einem Bein aufs andere und sah sich neugierig um.

An der Wand rechts vom Fenster hing ein verblasstes Foto. Eine junge Frau saß auf der rechten Schulter eines Mannes. Der Mann hatte lässig den Arm um ihre Knie geschlungen. Beide wirkten sehr gelöst und glücklich. Die Frau ähnelte entfernt der Rektorin, aber Vicky hätte es nicht beschwören können.

Julia Böhme nahm sich Zeit. Sie sah jede Schülerin mit einem kleinen Lächeln an, bevor sie anfing zu sprechen. »Heute habt ihr also euren ersten Schultag an der Star-Schule. Ihr habt es hierher geschafft, an eine der besten Schulen des Landes. Darauf dürft ihr zu Recht stolz sein. Bei uns liegt der Schwerpunkt neben den normalen Schulfächern auf intensiven künstlerischen Workshops, mit denen wir eure Begabungen fördern möchten. Ihr alle habt großes Talent, könnt sehr gut tanzen, singen oder schauspielern.« Die Rektorin holte tief Luft. »Talent ist der Beginn einer langen, abenteuerlichen Reise, die noch vor euch liegt. Ich weiß, ihr werdet euer Bestes geben, ihr werdet konzentriert arbeiten, alleine und im Team. Ihr werdet erste Erfolge erleben, kreative Höhenflüge und Enttäuschungen. Ihr werdet an eure Grenzen gehen und über euch hinauswachsen. Ihr werdet an euch zweifeln und früher oder später an einen Punkt kommen, wo ihr ernsthaft überlegt aufzugeben.«

Vicky erschrak. Das klang ja schrecklich! Sie war sich

nicht sicher, ob sie das wirklich hören wollte. Auch die anderen machten betroffene Gesichter.

Julia Böhme hob beruhigend die Hand. »Ich wollte euch nicht erschrecken. Ich wollte euch damit nur sagen, dass alle diese Gefühle völlig normal sind. Krisen gehören zum Leben eines Künstlers dazu, sie sind sogar unglaublich wichtig, damit ihr nicht stehenbleibt, sondern euch weiterentwickelt. Damit ihr diesen Beruf über einen längeren Zeitraum ausüben könnt – wenn ihr Glück habt, sogar euer Leben lang. Es ist ein wunderbarer Beruf, mehr als das, es ist eine Berufung, die euch, wenn es gutgeht, immer näher zu euch selbst führen wird, zum Kern dessen, was euch ausmacht: zu euren starken und schwachen Seiten, zu euren Widersprüchen und zu eurer Verletzlichkeit. Ich wünsche euch dabei viel Mut, Kraft und den Glauben an euch selbst.«

Es war so still im Raum geworden, dass man die altmodische Wanduhr mit dem großen Pendel laut ticken hörte. Gleichzeitig kam es Vicky so vor, als ob die Zeit stehenbleiben würde.

»Anna, bist du so lieb?« Die Rektorin gab der Schülerin aus der elften Klasse ein Zeichen.

»Ja, natürlich!« Anna holte einen Stoffbeutel aus ihrer Umhängetasche. Daraus zog sie eine Handvoll weiße Armbänder hervor.

Vicky erkannte die Armbänder sofort wieder. Sie waren aus Leder und auf dieselbe Art geflochten wie die Bänder der älteren Schülerinnen.

Anna gab jeder Newcomerin ein weißes Armband. »Hiermit heiße auch ich euch herzlich willkommen an der Star-Schule! Wir sind zwar nicht miteinander verwandt, aber ein großes Team und deshalb fast so etwas wie eine Familie. Ab heute gehört ihr zu uns. Tragt diese Armbänder als Zeichen für unser gemeinsames Ziel: an uns selbst und an unseren Mitschülerinnen zu wachsen.«

Vicky streifte das weiße Armband über ihr linkes Handgelenk. Es fühlte sich vertraut an, als hätte sie es schon immer getragen, und es erfüllte sie mit großem Stolz.

Wieder sah die Rektorin jede Schülerin einzeln an. »Bevor ihr euch nun zu eurem ersten Schultag aufmacht, möchte ich euch noch etwas fragen: Was wünscht ihr euch von der Star-Schule, und was wollt ihr an eure Schule zurückgeben? Denkt nicht lange nach, antwortet einfach spontan, was euch in den Sinn kommt. Luna, möchtest du anfangen?«

»Äh … ja«, sagte Luna verlegen. »Ich wünsche mir Lehrer, die an mich glauben und mich motivieren. Und ich will später zurückkommen und selbst einen Tanz-Workshop an der Star-Schule geben.«

»Danke, Luna.« Julia Böhme wandte sich an Maxi.

Die antwortete verschmitzt, dass sie sich ruhige Schuljahre ohne Paparazzi und Presserummel wünsche. Und dass sie bodenständig bleiben wolle, damit die Star-Schule später keine peinlichen Schlagzeilen über sie lesen müsse.

Die Mundwinkel der Rektorin kräuselten sich amüsiert. »Was deinen ersten Wunsch betrifft, kann ich dir versichern: Wir legen großen Wert auf die Privatsphäre des Internats und unserer Schülerinnen. Dazu gehört selbstverständlich umgekehrt, dass ihr nichts im Internet veröffentlicht, weder Fotos noch Kommentare. Ja, Coco, bitte?«

Der Satz platzte förmlich aus Coco heraus: »Ich möchte, dass die Schule mich zu einem großen Star macht! Und ich werde meine Eltern bitten, dass sie nach meinem Abschluss dem Internat eine großzügige Spende zukommen lassen.«

Vicky stöhnte innerlich. Wie konnte man bloß so egoistisch sein? Mit der Spende ihrer Eltern wollte Coco doch wieder nur sich selbst in einem positiven Licht darstellen.

Die Fragerunde ging weiter. Vicky stand am Ende der Reihe und hatte daher ein bisschen Zeit zum Überlegen. Die anderen Antworten ähnelten denen von Luna. Fleur wünschte sich als Einzige ein hartes

Training und Kritik auch bei den kleinsten Fehlern. Der übertriebene Ehrgeiz machte sie in Vickys Augen nicht gerade sympathisch.

Schließlich war Vicky dran. »Also, ich wünsche mir, dass ich in der Star-Schule ganz viel lernen und mich entwickeln kann. Und ich möchte fair zu meinen Mitschülerinnen sein und sie unterstützen.«

Julia Böhme richtete ihre blauen Augen auf Vicky. Lag Überraschung in ihrem Blick? Interesse? Oder sogar Anerkennung? Vicky hätte es nicht sagen können. So offen die Rektorin während ihrer Rede gewesen war, so geheimnisvoll und unergründlich wirkte sie jetzt.

»Vielen Dank für eure Wünsche. Merkt sie euch und holt sie aus eurem Gedächtnis hervor, wenn ihr eines Tages die Schule verlasst. Alles Gute!« Sie gab jeder Schülerin zum Abschied die Hand.

Vicky mochte den festen, ehrlichen Händedruck. Ein feierliches Kribbeln durchlief ihren Körper. Eins wusste sie heute schon: Die Begrüßung der Rektorin würde sie niemals vergessen!

Als die Newcomer aus dem Dünenhaus ins Freie traten, erwartete sie eine Überraschung: Vier Kutschen standen bereit, jeweils bespannt mit zwei Pferden.

»Hallo Papa!« Lissi lief auf die erste Kutsche zu und strich den beiden Rappen zärtlich über den Hals.

»Hallo Lissi. Du hast deinen Mitschülerinnen hoffentlich nichts verraten, oder?« Der Mann auf dem Kutschbock zwinkerte seiner Tochter verschwörerisch zu.

»Kein Sterbenswort!«, beteuerte sie. Lissi erzählte, dass ihre Eltern auf der Insel einen Pferdehof besaßen und für die Touristen Ausritte, Reitunterricht und Kutschfahrten organisierten.

Jetzt wurde Vicky klar, warum Lissi sich gestern verspätet hatte. Wahrscheinlich hatte sie ihrem Vater bei den Vorbereitungen geholfen.

Anna zeigte auf die offenen Kutschen, die jeweils Platz für vier Personen boten. »Herr Floßmann und seine Mitarbeiter werden euch jetzt die Insel zeigen, damit ihr einen ersten Eindruck von eurem neuen Zuhause bekommt. Viel Spaß bei der Rundfahrt!«

Vicky boxte Luna in die Seite. »Das Schuljahr fängt ja gut an!«

Anna verabschiedete sich, und Herr Floßmann pfiff vergnügt vor sich hin. »Ihr habt schönes Wetter mitgebracht. Das sollten wir ausnutzen. Kommt, verteilt euch auf die Kutschen.«

Diesmal waren Vicky und Luna schneller als bei der Zimmerverteilung. Sie verständigten sich mit Azuka und Maxi und kletterten zu Herrn Floßmann in die erste Kutsche.

Die anderen Kutschen waren auch rasch besetzt. Es konnte losgehen.

Die Kutscherinnen und Kutscher nahmen die Zügel auf und schnalzten mit der Zunge. Schnaubend setzten sich die Pferde in Bewegung. Vicky lehnte sich auf der Bank zurück. Luna saß neben ihr, Azuka und Maxi gegenüber, aber Maxi hielt es nicht lange auf ihrer Bank aus. Sie wollte unbedingt auf den Kutschbock und auch mal die Zügel halten. Herr Floßmann hatte nichts dagegen.

»Terrr-ab!«, rief er, und die Pferde fielen in einen lockeren Trab. Herr Floßmann drehte sich zu seinen Fahrgästen um. »Ihr habt Glück. Ihr seid hier auf einem der schönsten Fleckchen Erde gelandet. Unsere Halbinsel ist sehr abwechslungsreich. Auf der einen Seite haben wir das Meer und auf der anderen Seite die Boddenküste.«

Azuka zog die Stirn kraus. »Bodden? Was ist das?«

»Bodden waren früher tiefe Meeresbuchten. Heute sind sie durch Landzungen weitgehend vom offenen Meer abgetrennt und sehen aus wie Binnenseen, aber sie enthalten immer noch ein bisschen Salzwasser. Auf unserer kleinen Tour werden wir erst am Bodden entlangfahren, dann bei einem Leuchtturm Halt machen und am Weststrand zu unserem Ausgangspunkt zurückkehren.«

Vicky hörte nur mit halbem Ohr zu. Sie wollte die tolle Aussicht genießen. Nachdem die Pferdekutschen den Ortskern verlassen hatten, breiteten sich weite grüne Wiesen wie Flickenteppiche vor ihnen aus. Dahinter erstreckte sich ein spiegelglatter, schier endloser See mit vielen kleinen Buchten. Wie ruhig und beinahe windstill es hier war im Gegensatz zum Meer! Schmetterlinge flatterten herum, und über ihnen kreiste mit ruhigem Flügelschlag eine Möwe.

Sie durchquerten zwei kleinere Orte mit malerischen Reetdachhäusern. Danach ging es ein Stück durch den Wald, bis sie schließlich die Nordspitze der Insel erreichten, wo sich ein großes Naturschutzgebiet befand.

»Alle aussteigen, bitte!«, rief Herr Floßmann. »Da vorne seht ihr den Leuchtturm. Von dort könnt ihr auf einem Rundweg durch die Dünenlandschaft bis zum Weststrand laufen.« Er tippte auf seine Armbanduhr. »In einer Stunde sehen wir uns wieder hier, einverstanden? Und seid bitte pünktlich.«

Vicky, Luna, Maxi und Azuka liefen gemeinsam los. Die Route führte zunächst auf Holzbohlen mitten in die Natur hinein. Frösche quakten, Mücken surrten, und hohe Schilfrohre wucherten über dem schwarzglänzenden Moorboden.

Maxis Augen blitzten übermütig. »Wer als Erstes am Strand ist, dem müssen die anderen ein Eis spendieren.«

»Du wirst leider zahlen müssen!«, sagte Vicky lachend und rannte los. Ihre Füße flogen über die Holzbohlen.

Auf dem kleinen Weg, der sich durch saftige Wiesen schlängelte, war Maxi ihr noch voraus, aber als die sanft gewellten Dünen mit ihrem silbrig schimmernden, feinkörnigen Sand begannen, überholte Vicky ihre Mitschülerin. Jetzt konnte sie schon die salzige Meerluft riechen. Ein letzter kleiner Hügel trennte sie vom Strand. Vicky erklomm ihn und stürmte auf der anderen Seite wieder hinunter. Da war es, das Meer!

»Erste!«, jubelte sie und breitete die Arme aus.

Maxi erreichte ein paar Sekunden nach ihr das Ziel. »Mann, du … bist … echt schnell!«, keuchte sie.

»Hättest du nicht gedacht, was? Und das ganz ohne Bodyguard.« Die Bemerkung konnte Vicky sich nicht verkneifen.

Maxi lachte nur. »Du solltest dir nicht jeden blöden Spruch von mir merken.«

Sie warteten auf Luna und Azuka, die deutlich länger brauchten.

Als sie da waren, streifte Vicky die Sandalen ab, lief ins Wasser und spritzte ihre Mitschülerinnen nass. »Kleine Erfrischung gefällig?«

»Na, warte!«, rief Azuka.

Bald standen alle knietief in den Wellen und lieferten sich eine ausgelassene Wasserschlacht.

»Wie kindisch!«, hörte Vicky plötzlich eine näselnde Stimme hinter ihrem Rücken. »Und ihr wollt zukünftige Stars sein?«

Vicky brauchte sich nicht umzudrehen, sie wusste auch so, dass Coco gerade wieder über sie ablästerte. »Und was bist du?«, gab sie zurück. »Eine wasserscheue Nixe, oder was?«

»Komm, Jil, wir gehen«, sagte Coco, hakte sich bei ihrer neuen Freundin unter und zog den Schirm ihres Sonnenhuts tiefer in die Stirn.

Maxi nickte. »Gute Idee. Am besten steigt ihr in ein Schiff und fahrt nach Dänemark. Ist gar nicht weit von hier.«

Coco und Jil reagierten nicht und gingen einfach weiter in Richtung Leuchtturm.

Azuka rieb sich nachdenklich die Nase. »Armes Mädchen! Kann gar nicht den Augenblick genießen.«

Aus dieser Perspektive hatte Vicky es noch gar nicht betrachtet, aber Azuka hatte vermutlich recht. Leider konnte sie selbst nicht so gelassen bleiben. Wann immer Coco auftauchte, verbreitete sie negative Schwingungen. Es war schwer, sich ihnen zu entziehen.

Vicky schaute wieder aufs offene Meer hinaus. Die

Gischt sprühte einen feinen Tropfennebel in ihr Gesicht. Der Wind strich über ihre Haut, als ob er sie mit kühlen Händen streicheln würde. Was für ein toller Tag!

Vicky sah Luna, Maxi und Azuka verschmitzt an. »Also, jetzt seid ihr dran. Ich hätte gern vier große Eiskugeln: Vanille, Erdbeere, Schoko und Haselnuss.«

Luna lachte. »Geht klar. Du bist eingeladen.«

Durchgepustet vom Wind und mit einem süßen Nachgeschmack auf der Zunge, kam Vicky mit ihren Mitschülerinnen wieder im Internat an. Die Mädchen bedankten sich bei Herrn Floßmann und seinen Mitarbeitern, streichelten ein letztes Mal die Pferde und winkten den Kutschen zum Abschied nach.

»Na, hattet ihr einen schönen Ausflug?« Celina Pinto erwartete sie in der Eingangshalle des Haupthauses. »Der offizielle Unterricht beginnt übrigens erst morgen. Wenn ihr Lust habt, zeige ich euch jetzt noch die beiden anderen Häuser des Internats. Danach habt ihr Zeit, eure Koffer auszupacken und euch gemütlich einzurichten.«

Natürlich hatte Vicky Lust, was für eine Frage!

»Ihr kennt noch nicht das Fischer- und das Falkenhaus«, sagte die Vertrauenslehrerin. »Aber das wird sich bald ändern.«

Langsam schwirrte Vicky der Kopf von den vielen neuen Eindrücken. Von der anschließenden Führung bekam sie nur das Wichtigste mit. Beide Häuser lagen auf der Boddenseite südlich vom Hauptgebäude und waren etwa fünf Gehminuten entfernt.

Im kleinen Falkenhaus, das auf einem Hügel stand, gab es einen offenen Raum für Intensiv-Workshops. Im größeren Fischerhaus befanden sich Einzelprobenräume, ein Tonstudio und die Klassenzimmer. Durch die verglaste Tür konnten sie die Schülerinnen der zehnten Klasse an ihren Pulten sitzen sehen.

»Die Armen!«, sagte Katharina mit ehrlichem Mitgefühl. »Wir haben frei, und die müssen schuften.«

»Also, ich freu mich schon auf morgen.« Fleurs Stimme klang betont fröhlich.

»Hier geht es weiter, Mädchen!« Celina Pinto klatschte ungeduldig in die Hände.

Vicky zog sich kurz zurück, weil sie zur Toilette musste. Auf dem Rückweg kam sie an einem Einzelprobenraum vorbei. Die Tür stand einen Spaltbreit offen. Leise Klaviermusik drang nach draußen auf den Flur.

Vicky konnte nicht anders, sie musste einen Blick hineinwerfen. Durch den Türspalt sah sie Anna, die an einem schwarzen Flügel saß. Sie hatte die Augen geschlossen, sang ein Lied und begleitete sich am Piano dazu.

In der Pop-Ballade ging es um ein Mädchen, das Dinge verlor: einen Handschuh, ihren Schlüssel, eine Armbanduhr. Dann verlor sie größere Dinge: eine Stadt, ein Land, einen Kontinent. Sie vermisste das alles, aber es war nicht so schlimm. Bis sie einen geliebten Menschen verlor: seine Stimme, seinen Gang, das Aufleuchten von Freude in seinen Augen. Sie dachte, dass sie diesen Verlust nicht ertragen könnte. Die Zeit verging, und sie ertrug es doch, lebte weiter. Es war gar nicht so schlimm …

Die letzten Akkorde verklangen. Anna nahm die Hände von den Tasten und legte sie auf ihren Schoß. Dann hob sie den Kopf und entdeckte Vicky an der Tür. In ihren Augen standen Tränen.

»Entschuldige, ich wollte dich nicht stören … Die Tür war angelehnt und …«

»Kein Problem«, sagte Anna.

»Hast du das selbst getextet und komponiert?«

Anna nickte. »Ja, es ist mein Lieblingssong.«

»Er ist traurig«, sagte Vicky leise. »Traurig und wunderschön.«

5. Kapitel

Am nächsten Morgen begann der Ernst des Lebens. Die Newcomer bezogen ihr Klassenzimmer im ersten Stock des Fischerhauses. Maxi setzte sich zu Vickys Verblüffung in die erste Reihe, während Luna rasch ein Pult in der begehrten letzten Reihe für sich und Vicky reservierte.

»Bist du sicher, dass du hier bleiben willst?«, erkundigte sich Vicky verwundert. »Komm doch zu uns nach hinten.«

Maxi schüttelte den Kopf. »Glaub mir, ich weiß, was ich tue. Die Schülerinnen in der ersten Reihe werden von den Lehrern in Ruhe gelassen. Den Trick hat mir meine ältere Schwester beigebracht.«

»Na, dann viel Spaß!«, wünschte Vicky.

Kristin ging auch freiwillig in die erste Reihe, aber nur weil sie möglichst weit weg von Michelle sitzen wollte, die sich für die letzte Reihe entschieden hatte. Die beiden Mädchen redeten kaum ein Wort miteinander, und wenn doch, gifteten sie sich gegenseitig an. Das konnte ja heiter werden, dachte Vicky.

Wenigstens saßen Coco und Jil in der Mitte. Vicky und Luna würden also nicht dauernd ihre Lästereien mitbekommen.

Der Klassenraum füllte sich. Vicky legte Schreibblock und Federmäppchen auf ihr Pult und wartete neugierig auf den ersten Lehrer. Celina Pinto hatte ihnen nicht verraten, wer das sein würde.

Da kam ein Mann mit ultrakurzen Haaren, verwaschener Jeans und unauffälligem grauen T-Shirt herein. Ein Raunen ging durch die Klasse.

»Sami Swan«, wurde von verschiedenen Seiten der Name des Musikers geflüstert.

Vicky erkannte ihn natürlich auch gleich wieder. Er war es gewesen, der am Ankunftsabend Dominik Helms zu einem Gespräch unter vier Augen hatte überreden wollen. Er wirkte verblüffend unscheinbar, dabei hatte er eine beeindruckende Karriere hingelegt.

Vicky war eigentlich kein Fan von Hip-Hop, aber die Songs von Sami Swan mochte sie. Er machte richtig gute Texte und hatte sich mit seiner erfolgreichen Band über viele Jahre für internationale Verständigung und Toleranz eingesetzt. Die Band gab es leider nicht mehr. Inzwischen lebte Sami in Deutschland, war Produzent bei einem alternativen Plattenlabel und arbeitete an seinem ersten Solo-Album.

Der Hip-Hop-Sänger lehnte sich gegen das Lehrerpult, verschränkte die Arme und wartete so lange, bis es ruhig wurde. »Hi everybody! Ich bin Sami Swan, euer Klassenlehrer, und gebe den Gesangs-Workshop.« Er zeigte zum Fenster. »Sorry! Der Ausblick von eurem Klassenzimmer auf die Schafwiese ist nicht gerade spektakulär, aber dafür werdet ihr euch umso besser konzentrieren können.«

Mit dem lockeren Auftakt erntete er die ersten Lacher.

Es gab eine kurze Vorstellungsrunde, bei der Vicky erfuhr, dass Coco mit Nachnamen »Stein« hieß.

»Lasst uns schnell den lästigen Papierkram erledigen, bevor wir einsteigen.« Sami Swan holte einen Stapel Papiere aus seiner Tasche. »Das sind eure Stundenpläne. Wundert euch nicht, wenn sie sich ein wenig voneinander unterscheiden. Jede von euch hat einen besonderen Schwerpunkt gewählt, und darauf haben wir Lehrer eure Workshops abgestimmt.« Er gab Maxi die Stundenpläne, die sie an die hinteren Reihen weiterreichte.

Gespannt überflog Vicky ihren Plan. Die meisten Stunden hatte sie tatsächlich in Gesang bei Sami Swan, aber fast genauso viel Zeit würde sie leider bei Mischa Weinfeld verbringen müssen. Ergänzt wurde das Pensum von drei Wochenstunden Schauspiel bei Celina Pinto und zwei Einheiten Komposition bei Iris

Heller, bei der sie auch Arrangements lernen würde. Außerdem gab es noch einen Workshop in Contact Improvisation, einer Tanzform mit viel Körperarbeit, und, in größeren Abständen, Styleberatung von Dominik Helms. Und natürlich zusätzlich die normalen Schulfächer. Viel Freizeit würde ihr im ersten Schuljahr wohl nicht bleiben. Anna hatte also recht gehabt mit ihrer Warnung.

»Gut, dann kommen wir zu Punkt zwei«, sagte Sami Swan. »Von euren bisherigen Schulen seid ihr es gewohnt, dass am Anfang eine Klassensprecherin gewählt wird. Wir an der Star-Schule machen das ein bisschen anders. Wir lassen uns damit Zeit, bis sich jemand von euch in einer schwierigen Situation bewährt und freiwillig Verantwortung übernimmt. Das kann schon in der ersten Woche passieren oder erst nach zwei Monaten. Solange noch keine Klassensprecherin feststeht, würde ich dieses Amt vorübergehend übernehmen. Seid ihr damit einverstanden?«

Vicky fand die Regelung ungewöhnlich, hatte aber nichts dagegen einzuwenden. Klassensprecherin zu sein bedeutete viel Arbeit und noch weniger Freizeit. Deshalb riss sie sich nicht um den Job. Ihre Mitschülerinnen stimmten auch zu.

Jetzt pinnte der Lehrer eine Liste an die Wand neben der Tafel. »Punkt drei für heute: Es gibt an unserem

Internat ein sogenanntes Ranking für jedes Schuljahr. Hier seht ihr die Newcomer-Liste. Drüben im Hauptgebäude in der Eingangshalle hängt eine weitere Liste mit einem Ranking für die ganze Schule.«

Josephine hob die Hand. »Was bedeutet das genau? Ist das eine Bestenliste?«

»So was Ähnliches«, antwortete Sami Swan. »Aber es geht hier nicht wie in anderen Schulen um oberflächliche Leistung oder besonders fleißiges Auswendiglernen. Wir Lehrer beobachten euch und setzen die Schülerinnen oben auf die Liste, die mutig sind und sich neuen Herausforderungen stellen. Mädchen, die wirklich ernsthaft an sich arbeiten. Die Ranking-Listen sollen ein Ansporn für euch sein. Einmal im Monat werden sie übrigens aktualisiert. Das heißt, ihr habt die Gelegenheit, euch im Laufe des Schuljahres zu verbessern.«

Luna raunte Vicky zu: »Stell dir bloß vor, du bist am Ende des Schuljahrs auf dem obersten Platz! Das wäre der absolute Wahnsinn.«

»Ja«, stimmte Vicky ihr zu, aber sie konnte sich nicht so darüber freuen wie Luna. Auch wenn Sami es abgeschwächt hatte, es ging trotz allem um Leistung, um einen Wettbewerb. Vicky spürte die Anspannung im Klassenzimmer. Sie spürte sie an den veränderten Blicken ihrer Mitschülerinnen, die jetzt alle ein Ziel hatten: die anderen auszustechen. Wollte sie das wirklich? Vicky war sich nicht sicher.

Sami ging bereits zum nächsten Punkt der Tagesordnung über. »Unser Gastdozent für dieses Jahr wird übrigens erst in vier Wochen kommen. Es ist der Schauspieler Philipp Stein.«

Vicky stutzte. Stein? War es ein Zufall, dass er genauso wie Coco hieß?

Es war kein Zufall. Coco erwähnte lässig nebenbei, dass ihr großer Bruder derzeit »berufliche Verpflichtung in den Staaten« hätte.

»Das wusste ich ja noch gar nicht!«, rief Jil aufgeregt. »Philipp Stein, der Soap-Darsteller, ist dein *Bruder*?«

Die anderen Mitschülerinnen fanden die Neuigkeit auch ziemlich cool. Coco tat so, als sei es nichts Besonderes. In Wirklichkeit sonnte sie sich natürlich im Ruhm ihres Bruders und schmückte sich gerne mit den fremden Federn.

Vicky und Luna wechselten einen genervten Blick. Auch das noch!

»So, das waren erst mal genug Ankündigungen für heute«, sagte Sami Swan. »Kommen wir zur Praxis. Ich habe die ersten Aufgaben für die Neuen, die als Schwerpunkt Gesang gewählt haben. Wer ist das? Hebt ihr bitte mal die Hand, damit alle es sehen können?«

Drei Arme wanderten nach oben: die von Vicky, Coco und Katharina.

Vicky starrte ungläubig zu Coco hinüber. Coco hatte Gesang gewählt, nicht Tanz? Ihr blieb wirklich nichts erspart.

»Vicky? Träumst du?«

»Wie bitte?« Weil Vicky so mit Coco beschäftigt gewesen war, hatte sie nicht bemerkt, dass Sami neben ihr stand. Wie peinlich! »Entschuldigung, wie war noch mal die Frage?«

Sami Swan grinste breit. »Es war keine Frage, sondern eine Aufgabe für dich. Du wirst einen bekannten Popsong für uns interpretieren, und zwar *Happy* von Pharrell Williams. Du hast bis Freitag Zeit, um dich darauf vorzubereiten.«

Hatte sie sich verhört? Vicky suchte nach Worten. »Aber … aber Pharrell Williams ist ein Mann!«

In der Klasse brach Gelächter aus.

»Ruhe, bitte!« Sami Swan war jetzt ganz ernst. »Das hast du richtig erfasst. Der Sänger Pharrell Williams ist ein Mann, und du bist ein Mädchen. Das sollte dich aber nicht weiter beunruhigen. Es geht um den Song, um *Happy*. Nicht mehr und nicht weniger.«

»Okay …« Vicky wusste, dass sie im Moment keinen besonders intelligenten Gesichtsausdruck machte. »Alles klar.«

Sami Swan ging weiter zu Katharina. In dem Moment drehte Coco sich zu Vicky um und zischte ihr mit einem falschen Lächeln zu: »Na dann, viel Glück, Singer-Songwriterin!«

»Danke, wie lieb von dir«, antwortete Vicky extra freundlich. Innerlich kochte sie vor Wut. Konnte Coco nicht ein Mal den Mund halten?

Vicky zwang sich dazu, Coco aus ihrem Kopf zu verdrängen. Sie schaffte es, doch ihre Sorgen blieben.

Happy. Wie sollte das funktionieren? Pharrell Williams hatte eine unverwechselbare Stimme. Sie war ziemlich hoch, aber dennoch eindeutig männlich. Außerdem hatte er diese unglaublich coole Art zu singen. Man spürte, dass er über den Dingen schwebte, mit seiner positiven Ausstrahlung die ganze Welt erobern konnte: nicht nur Frauen, alle Menschen, egal aus welchem Land, egal welche Hautfarbe sie hatten. Große und Kleine, Dicke und Dünne, Kinder und Erwachsene. Sobald sie den Song hörten, wurden sie glücklich, weil Pharrell dieses Glück versprühte. Selbstvergessenes Glück, wie bei einem Kind. Es kam tief aus seinem Herzen, seiner Seele.

Die Latte hing viel zu hoch. Diese Aufgabe war unlösbar!

Luna verpasste Vicky einen kleinen Rippenstoß.

»Mach dir keinen Kopf. Wenn du magst, helfe ich dir bei der Vorbereitung. Du schaffst das!«

»Danke«, murmelte Vicky. Sie wollte sich nicht unterkriegen lassen. Okay, es war nicht leicht, aber sie würde ihr Bestes geben. Jetzt erst recht! Und auf einmal passierte etwas Seltsames: Sie bekam richtig Lust auf die Aufgabe.

Als Vicky den ersten Schock überwunden hatte, konnte sie auch wieder mitverfolgen, was in der Klasse passierte.

Sami Swan gab gerade Coco ihre Aufgabe. »Magst du Fußball, Coco?«

»Ob ich Fußball mag?« Coco legte theatralisch die Hand auf ihr Herz. »Ich *liebe* Fußball! Wieso?«

Vicky war klar: Selbst wenn Coco Fußball in Wirklichkeit nicht ausstehen konnte, ab dieser Sekunde würde sie den ganz großen Fan spielen.

Sami Swan lächelte. »Das ist gut. Du wirst uns nämlich Shakiras WM-Song *Dare (La La La)* vorsingen.«

Coco stieß einen kleinen Freudenschrei aus. »Jaaa! Total gern.« Selbstbewusst schüttelte sie ihre langen Haare.

Vicky sah weg, bevor ihr schlecht wurde. »Das ist total ungerecht!«, flüsterte sie Luna zu. »Sie muss bloß die Hüften schwingen und ›La La La‹ singen. Das kann doch jeder.«

Diesmal konnte Luna schlecht widersprechen. »Stimmt. Aber denk nicht an Coco, das ist reine Zeitverschwendung.«

»Ich weiß«, sagte Vicky düster.

Sami Swan warf ihr einen strengen Blick zu. »Keine Gespräche während des Unterrichts bitte, das gilt für alle! Und ich hab noch einen Hinweis für Coco, Katharina und Vicky: Ihr dürft eine Karaoke-Version eures Songs benutzen, aber ihr müsst solo singen. Instrumente sind nicht erlaubt. Alles klar?«

Vicky nickte. Das hatte sie schon befürchtet. Der Lehrer wollte einen unverfälschten Eindruck gewinnen. Hinter einem Instrument konnte man sich mit einer nicht so perfekten Singstimme gut verstecken, wenn man es geschickt anstellte. Aber die zusätzliche Einschränkung schreckte sie jetzt auch schon nicht mehr.

Sami Swan ließ die Tische zur Seite rücken und die Mädchen sich im Kreis aufstellen. »Let's start! Heute werde ich euch ein Aufwärmtraining für die Stimme beibringen, das ihr ganz leicht jeden Tag machen könnt. Es dauert nämlich nur fünf Minuten.« Er hob die Hand. »Ich nenne es: Pimp your voice in 5 minutes!«

Die Bezeichnung klang schon mal gut, fand Vicky.

Sami Swan gähnte plötzlich herzhaft, ohne sich die Hand vor den Mund zu halten. »Uaaah! Nein, ich bin nicht müde. Das ist der erste Teil der Übung. Mit dem Gähnen öffnet ihr eure Resonanzräume, vor allem im Rachenbereich, und eure Stimme bekommt dadurch mehr Klangvolumen. Das ist wichtig, egal ob ihr später mal Sängerin oder Schauspielerin werden wollt. Also los!«

Alle gähnten um die Wette. Es war ansteckend! Sobald Vicky die aufgerissenen Münder sah, musste sie immer mehr gähnen. Irgendwann endete die Übung allerdings damit, dass Jil anfing zu kichern und die anderen sich davon anstecken ließen.

»Ja, das ist lustig«, sagte Sami Swan, »aber ihr solltet es trotzdem ernst nehmen. Gut, machen wir weiter mit der Atmung. Viele Menschen haben eine falsche Vorstellung vom Atmen. Sie denken, sie müssten kraftvoll und mit viel Geräusch Luft holen.« Er machte es vor und röchelte dabei übertrieben mit dem Brustkorb.

Vicky musste an ein hässliches Monster aus einem Kinofilm denken. Gleichzeitig wurde ihr bewusst, dass auch sie bisher falsch geatmet hatte.

Sami Swan erklärte weiter: »Richtig atmen funktioniert genau umgekehrt: Wir müssen die Luft automatisch einfließen lassen und aktiv wieder abgeben. Ich zeig euch, wie ihr das üben könnt.« Er atmete zuerst mit einem lauten »Sch!« aus, bis er keine Luft mehr in den Lungen hatte. Danach atmete er ganz entspannt und passiv ein.

Vicky versuchte es. Das machte Spaß: Beim Ausatmen spürte sie ganz viel Energie und beim Einatmen das tolle Gefühl loszulassen. Als ob sie einen Luftballon in den Himmel steigen lassen würde.

Sami Swan hatte noch eine dritte Übung: Sie vibrierten mit den Lippen. Der Lehrer ging zum Keyboard und startete die darin eingespeicherten einfachen Tonleitern. Jetzt vibrierten sie mit Tönen. Die Skalen stiegen langsam in höhere Tonlagen hinauf und anschließend wieder hinab.

Vicky blickte irritiert in die Runde. Irgendjemand summte so falsch, dass es in den Ohren wehtat.

»Das war schon ganz gut«, lobte Sami Swan die Mädchen. »Vicky, du bist ein Naturtalent. Gefällt mir sehr gut, wie du das machst.«

Das Lob kam so unverhofft, dass Vicky vor Stolz gleich ein paar gefühlte Zentimeter wuchs.

»Katharina, deine Lippen sind schön entspannt, aber achte darauf, dass du die richtigen Töne triffst«, kritisierte Sami Swan.

Katharina wurde rot. »Ja, ich versuch's …«

Coco und Jil kicherten schadenfroh. Wie gemein von ihnen! Vicky konnte sich vorstellen, wie es Katharina jetzt gehen musste. Sie tat ihr leid, egal wie falsch sie gesummt hatte. Sami Swan brachte Coco und Jil zum Glück mit einem einzigen flüchtigen Blick zum Schweigen.

Nach dem Aufwärmtraining folgten weitere und wesentlich kompliziertere Aufbauübungen. Vicky machte konzentriert mit, bekam sogar noch ein zweites Lob vom Lehrer und konnte es kaum glauben, wie schnell die Doppelstunde zu Ende war. Das Beste daran war, dass sie Coco völlig vergessen hatte!

Nach dem Gesangs-Coaching hatten die Newcomer eine halbe Stunde frei. Vicky wollte kurz allein sein und beschloss, in den Garten zu gehen. Den hatte sie bisher nur von der Terrasse aus gesehen.

Langsam stieg sie die Stufen vom Haupthaus hinunter. Der gepflegte Rasen war riesig und bot viele Sonnen- und Schattenplätze. Es gab unzählige Rhododendron-Büsche und wunderschöne Kletterrosen, außerdem mehrere hochgewachsene Buchen, Linden und Eichen. Weiter unten standen einige schlanke Kiefern, die der Wind in eine gefährliche Schieflage gebracht hatte.

Am Strand hatte Fleur ihre Yogamatte ausgerollt und verbog ihre Arme und Beine in kunstvolle Positionen.

Eine davon sah so verdreht aus, dass Vicky sich ernsthaft fragte, ob Fleur den Knoten je wieder aufbekommen würde.

Im Gegensatz zu ihrer Mitschülerin würde Vicky ihre Pause entspannt verbringen. Sie ließ sich in einen Liegestuhl fallen und blinzelte in die Sonne. Erst jetzt merkte sie, wie anstrengend der erste Workshop gewesen war. Aber Sami Swan schien ein richtig guter Lehrer zu sein, er konnte toll motivieren.

Plötzlich hörte Vicky eine männliche Stimme, die besänftigend auf jemanden einredete: »Ja, ich weiß, es geht dir nicht gut. Der Anfang ist immer schwer. Wenn man aus seiner gewohnten Umgebung gerissen wird und alles noch neu ist. Da muss man sich erst mal zurechtfinden. Es ist ganz normal, dass du Heimweh hast.«

Vicky richtete sich auf. Sie konnte niemanden sehen, und die Stimme hatte sie vorher noch nie gehört. War das ein Lehrer, der eine Schülerin tröstete? Hatte noch jemand Heimweh außer ihr? Womöglich Fleur? Dann hatte sie es bisher aber gut zu verbergen gewusst.

Neugierig stand Vicky auf und ging ein paar Schritte in Richtung Strand. Die Stimme war jetzt deutlicher zu hören.

»Hab keine Angst, alles wird gut werden. Du bist

hier am richtigen Platz. Der perfekte Platz für einen Star wie dich.«

Vicky wagte sich noch etwas näher heran. Sie umrundete einen üppigen Rhododendron-Busch und blieb dann wie angewurzelt stehen.

Von Fleur keine Spur. Da war nur eine Person: ein junger Mann in einer grünen Latzhose. Er beugte sich über einen Farn und redete liebevoll auf ihn ein. »So, jetzt bekommst du noch etwas Dünger, der wird dich stark machen. Dann kannst du deine Wurzeln in der neuen Erde schön ausbreiten.«

Vicky hielt sich die Hand vor den Mund. Beinahe hätte sie laut losgeprustet. Die Situation war einfach zu komisch.

Der Mann drehte sich um. Anscheinend hatte sie doch ein Geräusch gemacht. »Hallo! Ich hab dich gar nicht kommen hören. Du bist neu hier, oder?«

Vicky nickte. »Ich heiße Viktoria, aber alle nennen mich Vicky.«

Der Mann wischte die Hände an seiner Latzhose ab. »Ich bin Arturo und kümmere mich um den Garten hier.«

Er sah nett aus. Vicky schätzte ihn auf achtzehn Jahre. Ein schlanker, drahtiger Typ mit einem Löwen-Tattoo auf dem linken Oberarm.

Vicky konnte sich die Frage nicht verkneifen. »Glauben Sie wirklich daran, dass Pflanzen besser wachsen, wenn man mit ihnen redet?«

Arturo lachte. »Irgendwie schon. Jedenfalls hilft es mir bei der Arbeit. Jede Pflanze braucht etwas anderes. Ich möchte sie wahrnehmen und mich auf ihre Bedürfnisse einstellen. Deshalb rede ich mit ihnen.«

»Verstehe.« Vicky entdeckte unter einer Buche eine Schubkarre mit einem Sack Blumenerde, einer Harke und einer Gießkanne. An den Baumstamm gelehnt war eine Gitarre.

»Sie spielen Gitarre?«

»Sag doch du zu mir«, bat Arturo. »Ich bin gerade erst achtzehn geworden. Ja, ich klimpere in meiner Freizeit ein bisschen vor mich hin, ist nur ein Hobby, nicht mehr.«

Er nahm die Gitarre, hing sie sich um und schlug ein paar Akkorde an, eine mitreißende Tonfolge, die nach einer Mischung aus Country und Pop klang.

»Wow!« Vicky war beeindruckt. »Und das ist wirklich nur dein Hobby? Ich spiele nämlich auch Gitarre. Du hörst dich ziemlich professionell an.«

Plötzlich legte sich ein Schatten auf Arturos Gesicht. Er nahm das Instrument ab und lehnte es wieder an den Baumstamm. »Ich muss jetzt leider weiterarbeiten, hab heute noch viel vor. Eine große Lieferung Farne ist von der Gärtnerei angekommen.«

Vicky hätte sich gerne länger mit ihm unterhalten, aber auch bei ihr ging der Unterricht weiter. Als Nächstes stand Contact Improvisation auf ihrem Stundenplan. »Tschüss, bis bald«, verabschiedete sie sich von Arturo.

»Ja, bis bald.« Der Gärtner nickte ihr freundlich zu, während er die Blumenerde ablud und mit der Schubkarre davonfuhr.

Vicky kniff die Augen zusammen. Arturo machte sie neugierig. Bei der nächsten Begegnung würde sie ihn noch mal nach seinem Gitarrenspiel fragen. Sie war jetzt schon gespannt auf die Geschichte, die er ihr erzählen würde.

6. Kapitel

Die Stunde bei Murat Demir fand im Tanzstudio statt. Vicky zog sich schnell um und schlüpfte in den Saal zu ihren Mitschülerinnen. Die standen in Grüppchen zusammen und redeten. Nur Fleur wärmte sich schon an der Ballettstange mit Dehnübungen auf.

»Ist Demir noch gar nicht da?«, fragte Vicky verwundert.

Katharina zuckte mit den Achseln. »Nein. Vielleicht fällt die Stunde ja aus.« Der Gedanke schien ihr zu gefallen.

Vicky blickte auf die Uhr gegenüber der Spiegelwand. Schon zwölf Minuten über der Zeit! Das war merkwürdig. Von Maxi hatte sie gehört, dass auf der Star-Schule Pünktlichkeit groß geschrieben wurde.

»Hoffentlich ist Demir nicht krank.« Luna wirkte besorgt. »Ich hab mir zu Hause ein Video angesehen mit einem Paar, das Contact Impro tanzt. Der Film hat mich total beeindruckt. Die Bewegungen beim Contact sind ganz fließend und natürlich, nicht so kontrolliert wie beim Ballett.«

»Klingt gut«, fand Maxi. »Ballett kann ich nämlich nicht ausstehen.«

Vicky grinste. »Echt? Ich auch nicht.«

Sie unterhielt sich mit Maxi und erfuhr von ihr, dass sie gerne Volleyball spielte. Eine Zeitlang war sie auch im Fußballverein gewesen. Teamsportarten mochte sie am liebsten. An ihrer früheren Schule war Maxi außerdem festes Mitglied der Theatergruppe gewesen. Ihre Deutschlehrerin hatte ihr Schauspiel-Talent entdeckt und sie zu einem Vorsprechen bei einem Scout der Star-Schule geschickt.

»Den Scout hab ich so zugetextet mit meiner Stand-up-Comedy-Einlage, dass er mich vor lauter Verzweiflung genommen hat.« Der Schalk in Maxis Augen blitzte wieder auf. »Er wollte mich um jeden Preis loswerden. Also hat er mir ein Stipendium gegeben. Tja, ich fürchte, er hat den größten Fehler seines Lebens begangen.«

Vicky glaubte Maxi kein Wort. Sie war garantiert eine tolle Schauspielerin.

Mit halbem Ohr bekam Vicky mit, wie Coco Josephine und Katharina erzählte, dass sie Contact Impro auch schon ausprobiert hatte, bei einem *total coolen* zweiwöchigen Festival auf Ibiza. Zufälligerweise war Jil auch auf einem Contact-Festival gewesen, allerdings *nur* in Freiburg.

Müssen die beiden so angeben?, dachte Vicky genervt.

Inzwischen waren zwanzig Minuten verstrichen und der Lehrer immer noch nicht aufgetaucht.

»Was machen wir denn jetzt?« Kristin warf einen Blick in die Runde. »Soll ich zu Celina Pinto gehen und sie fragen, was los ist?«

»Das ist wieder mal typisch!«, stichelte Michelle. »In unserer alten Schule bist du auch ständig zur Vertrauenslehrerin gerannt.«

»Und du hast ständig blaugemacht!«, gab Kristin zurück.

Die Mädchen starrten sich giftig an. Die Luft zwischen ihnen war aufgeladen mit einer lange geschürten Feindseligkeit.

Lissi versuchte zu vermitteln: »Tragt euren Streit bitte woanders aus. Ich finde Michelles Idee gar nicht so schlecht. Irgendwas sollten wir auf jeden Fall tun, statt hier nur dumm rumzustehen.«

Azuka bändigte ihre Locken mit einem Haarband und legte dabei den Kopf in den Nacken. Auf einmal hielt sie inne. »Du hast völlig recht. Wir sollten endlich unseren neuen Lehrer begrüßen. Das war ziemlich unhöflich von uns, ihn überhaupt nicht zu beachten.«

»Was meinst du damit?« Fleur unterbrach ihre Dehnübungen an der Ballettstange und kam zu den anderen herüber.

Vicky verstand zuerst auch nur Bahnhof, aber dann machte sie Azukas Kopfbewegung nach und suchte den oberen Bereich des Tanzstudios ab. Von der Decke hing ein Seil, das zum Turnen verwendet wurde. Und an diesem Seil hing ein attraktiver Typ mit dunklem Bart und beeindruckenden Oberarmmuskeln: Murat Demir!

Vicky zeigte zu ihm hinauf. Jetzt hatten die anderen ihn auch entdeckt.

»Hallo Herr Demir!«, riefen sie im Chor.

»Hallo zusammen!« Der Lehrer glitt am Seil hinunter, das er währenddessen geschickt entrollte. Am Ende trennten ihn noch drei Meter vom Boden. Er sprang und landete weich auf den nackten Fußsohlen. »Mann, Mann, ich dachte schon, ihr lasst mich da oben ewig hängen.«

Die Newcomer klatschten begeistert, und er verbeugte sich lässig.

»Entschuldigt bitte!«, sagte Murat Demir. »In Zukunft lasse ich euch nicht mehr warten. Aber ich wollte euch einen ersten Vorgeschmack auf Contact geben. Bei dieser Tanzform müsst ihr nämlich spontan sein und flexibel reagieren. Es gibt keine vorgegebenen Schritte, nichts ist einstudiert. Alle Bewegungen sind improvisiert.«

Josephine runzelte die Stirn. »Das kann ich mir noch nicht so richtig vorstellen. Irgendwelche Regeln muss es doch geben.«

Murat Demir nickte. »Die gibt es auch. Die allerwichtigste Regel lautet Entspannung.«

»Und atmen?«, rutschte es Vicky heraus.

Der Lehrer war überrascht. »Woher weißt du das?«

»Ich dachte nur gerade an unseren Gesangs-Workshop von heute Morgen. Da ging es auch um Entspannung und Atmen.«

»Streberin!«, hörte sie Coco flüstern, tat aber so, als hätte sie es nicht gehört.

Die Schülerinnen umringten den Lehrer. »Waren Sie wirklich Stuntman beim Film?«, wollte Jil wissen.

»Ja.« Murat Demir zeigte auf eine Narbe am Knie. »Auf Dauer ein ziemlich gefährlicher Beruf, wie ihr sehen könnt. Vor zwei Jahren hab ich aufgehört und meine Tanzausbildung fortgesetzt. In Amerika hab ich Contact Impro entdeckt. Das hat mein Leben verändert. Seither unterrichte ich und nehme regelmäßig an Festivals teil.«

Jil hing bewundernd an den Lippen des Lehrers.

»Aber hier geht es nicht um mich, hier geht es um euch«, sagte Murat Demir. »Lasst uns einen Sitzkreis bilden. Dann kann jeder seinen Namen sagen, was er mitbringt und was er sich vom Workshop erwartet.«

Nach einer kurzen Vorstellungsrunde ging Murat Demir zur Stereoanlage und legte eine CD ein. Das Geräusch von Wassertropfen drang aus den Lautsprecherboxen. Dann setzte ein Saxophon mit einem langsamen Intro ein. Streicher kamen dazu mit einem fließenden Klangteppich.

»Verteilt euch bitte im Raum, und legt euch mit dem Rücken auf den Boden. Jetzt stellt euch vor, der Boden ist ganz weich und nachgiebig. Fühlt den Boden mit jeder Faser eures Körpers. Atmet dabei ein und wieder aus, ein – aus, ein – aus. Gut. Stellt euch vor, ihr seid Seesterne, die sich abwechselnd nach allen Seiten weit ausstrecken und sich danach wieder zusammenziehen.

So etwas hatte Vicky noch nie gemacht. Es war eine völlig neue Erfahrung. Irgendwie schräg, aber eigentlich gar nicht schlecht. Beim Zusammenziehen fühlte sie sich geschützt und geborgen, beim Ausstrecken spürte sie ihre innere Stärke.

Murat Demir zeigte die zweite Übung. »Und jetzt verwandelt ihr euch in Amöben, in Lebewesen mit nur einer Zelle. Ihr habt keine feste Körperform, sondern könnt eure Gestalt laufend verändern.«

Vicky fiel es schwer, ernst zu bleiben. Eine Amöbe sollte sie sein? Das klang wirklich total verrückt. Trotzdem probierte sie es aus.

»Erforscht euren Lebensraum als Amöbe«, sagte Murat Demir. »Last euch darauf ein. Seid neugierig, aber erst mal sehr vorsichtig. Kriecht ganz langsam über den weichen Boden. Lasst euch in ihn hineinsinken. Er trägt euch.«

Vicky streckte ihre Arme aus, schob sich ein kleines Stück mit den Hüften nach vorne, dann zur Seite. Danach winkelte sie das linke Bein an.

Der Lehrer trat neben sie. »Nicht so schnell, Vicky. Genieße es, lass es einfach geschehen. Und vergiss das Atmen nicht – ja, so ist es schon viel besser.«

Es war verrückt, auf dem Boden herumzukriechen, aber auch total schön und gar nicht anstrengend. Vicky musste an ein Spiel denken, das sie mal mit Sara gespielt hatte, als sie fünf Jahre alt gewesen waren. An einem heißen Sommertag hatten sie Wasser in den Sandkasten geschüttet und waren auf dem Bauch durch den feuchten Schlamm gerobbt. Das war ein Riesenspaß gewesen – und eine Riesensauerei. Die Kleider waren hinterher nie mehr richtig sauber geworden.

»Nein, Katharina!«, hörte sie Murat Demir etwas entfernt von ihr leise sagen. »Du bist viel zu verkrampft. Entspann dich.«

»Wie denn?«, fragte Katharina unsicher.

Der Lehrer gab ihr einen Tipp: »Denk daran, dass du nichts leisten musst. Gib Gewicht an den Boden ab. Lass dich einfach fallen.«

»Ist es so gut?« Katharina klang immer noch unsicher.

»Nicht ganz«, antwortete Murat Demir ausweichend. »Bleib dran und lass deine Muskeln locker. *Locker* lassen!«

Prompt kicherten Coco und Jil wieder schadenfroh. Vicky hätte ihnen am liebsten Watte in den Mund gestopft.

»Übrigens: Beim Contact-Tanzen wird normalerweise nicht geredet«, informierte sie der Lehrer. »Es sei denn, ich fordere euch dazu auf.«

Das wirkte. Coco und Jil hielten die Klappe.

Murat Demir wandte sich wieder allen Mädchen zu. »Ihr dürft jetzt den ganzen Raum erforschen. Seid ihr alleine hier, oder gibt es noch andere Amöben? Wollt ihr in Kontakt mit den anderen Amöben treten, sie berühren oder lieber nicht? Fühlt euch ganz frei.«

Vicky hob den Kopf und sah Azuka, die sich unglaublich elegant über den Boden fortbewegte. Vicky kroch zu ihr hin und berührte mit dem Arm Azukas linkes Bein. Azuka erwiderte die Berührung und kroch weiter. Dann spürte Vicky eine Hand auf ihrer Schulter. Es war Maxi, die sie amüsiert anlächelte. Später kam Lissi dazu und drückte ihren Kopf gegen Vickys Fuß. Ihre Haare kitzelten zwischen Vickys Zehen.

Um Coco und Jil machte Vicky einen großen Bogen.

Die beiden waren ohnehin mit sich selbst beschäftigt und führten eine Art Paartanz auf dem Boden auf. Ihre Amöben-Körper waren unglaublich biegsam, flossen umeinander. Teilweise rollte sogar die eine über die andere.

Murat ging zu ihnen. »Hey, das ist toll! Habt ihr schon mal Contact getanzt?«

»Ja!«, riefen Coco und Jil wie aus einem Mund.

Der Lehrer überlegte. »Kleine Programmänderung. Habt ihr zwei vielleicht Lust, den anderen was vorzutanzen?«

Natürlich waren Coco und Jil sofort dabei. Murat Demir legte eine neue CD mit afrikanischer Musik ein. Vicky setzte sich mit den anderen Mädchen an den Rand der Tanzfläche. Jetzt würde sich zeigen, wie viel hinter Cocos Angeberei wirklich steckte.

Coco und Jil stellten sich dicht hintereinander und ließen den Trommel-Rhythmus auf sich wirken. Dann verstärkten sie den Kontakt zueinander und liefen gemeinsam los. Nach ein paar Metern machte Jil einen Ausfallschritt nach vorne, ging leicht in die Knie und nahm Coco auf ihren Rücken. Coco breitete die Arme aus. Jetzt sah es aus, als würde sie auf Jils Rücken fliegen. Nach einer Weile rollte sie über die Seite ab. Dann umkreisten Coco und Jil sich, fanden einen neuen Kontaktpunkt, diesmal Schulter an Schulter. Gemeinsam ließen sie sich in Richtung Boden gleiten. Coco ging in den Vierfüßlerstand, Jil gab ihr Gewicht seitwärts an Coco ab, rotierte auf den Bauch und kam über einen Kopfstand in die Rückenlage. So ging es in ständigem Fluss weiter, bis am Ende Jil Coco mit einem gewagten Lift auf die Schultern nahm.

Alle starrten fasziniert auf das Tanzpaar. Coco glitt sicher wieder zu Boden. Hand in Hand standen sie und Jil da, bis die Trommeln leiser wurden und schließlich verstummten.

»Bravo, bravo!«, rief Fleur.

Alle klatschten, auch Vicky. Coco und Jil hatten super getanzt, das musste Vicky neidlos anerkennen. Coco war ihr meilenweit überlegen, was das Tanzen betraf. Sie hatte ihren Platz in der Star-Schule nicht nur durch das viele Geld ihrer Eltern bekommen. Sie hatte *wirklich* Talent.

Und Vicky hatte ein Problem. Diesen Vorsprung würde sie nie einholen können. Dabei wusste sie nur zu gut, dass man als Sängerin heutzutage singen *und* tanzen musste, wenn man auf Dauer Erfolg haben wollte. Ihr Ziel, das vor kurzem noch so greifbar nah gewesen war, rückte auf einmal in weite Ferne.

Es war schrecklich. Es war der ganz große Albtraum.

Coco hörte sich geschmeichelt lächelnd das Lob von Murat Demir an. Danach kehrte sie mit Jil zu ihren

Mitschülerinnen zurück. In dem Blick, den sie Vicky dabei zuwarf, lagen unverhohlener Triumph und eine Provokation. Ob Vicky wollte oder nicht, Coco hatte sie gerade wortlos zu einem Wettstreit herausgefordert. Einem Wettstreit, wer von ihnen beiden das größere Talent hatte. Wer der größere Star sein würde.

Vicky erwiderte so ruhig wie möglich Cocos Blick. »Okay«, dachte sie. »Wenn es das ist, was du willst, dann kannst du es haben.«

Vicky nahm die Herausforderung an. Wenn sie gewusst hätte, was das alles nach sich ziehen würde, hätte sie es sich vielleicht anders überlegt. Aber die Zukunft lag noch wie ein unbeschriebenes Blatt Papier vor ihr.

Später in der Umkleide – nach einem abwechslungsreichen, aber durchaus schweißtreibenden Training – waren Coco und Jil *das* Gesprächsthema des Tages. Die Mädchen umringten die beiden und sagten ihnen, wie toll sie getanzt hatten. Nur Vicky, Luna und Maxi hatten keine Lust, sich in den Fanclub der Bewunderer einzureihen.

Vicky duschte, schlüpfte in Unterwäsche und Shorts, zog sich ein frisches T-Shirt über und packte ihre

Sportsachen in die Tasche. Dabei fiel ihr das Handtuch herunter.

Katharina hob es vom Boden auf. »Hier bitte.«

»Oh, danke.« Vicky stutzte.

Katharina hatte sich weder geduscht noch umgezogen. Sie saß in ihren verschwitzten Sportklamotten auf der Bank und starrte auf den Boden.

»Alles klar bei dir?«, erkundigte sich Vicky.

Katharina nickte mechanisch. »Ja, alles klar.«

»Sieht aber nicht danach aus«, sagte Vicky vorsichtig. Sie wollte Katharina nicht zu nahe treten.

Die sprang plötzlich auf, schnappte sich ihre Sporttasche und stürmte aus der Umkleide.

Vicky stopfte das Handtuch zu den anderen Sachen, gab Luna kurz Bescheid und rannte Katharina hinterher. »Warte doch mal!« Sie sah gerade noch, wie ihre Mitschülerin hinunter zum Meerwasser-Pool lief und sich dort auf die Steinstufen setzte.

Vicky folgte ihr und zeigte auf den freien Platz rechts neben ihr. »Darf ich?«

Katharina forderte sie weder zum Bleiben noch zum Gehen auf. Sie schwieg einfach.

Vicky beschloss zu bleiben. Sie setzte sich, wartete und betrachtete die azurblau schimmernde Wasseroberfläche des Pools. Es wurde höchste Zeit, dass sie ihn einweihte und ein paar Runden darin drehte. Gleich gab es Mittagessen, und nachmittags stand Schauspielunterricht auf dem Stundenplan. Aber danach würde sie die Chance nutzen.

»Du musst dir keine Sorgen um mich machen«, fing Katharina auf einmal stockend an. »Ich komm schon klar.«

»Natürlich. Ich wollte dir nur sagen, dass ich es gemein fand, wie Coco und Jil sich über dich lustig gemacht haben. Das war nicht okay.«

Katharina zuckte mit den Schultern. »Ach, die blöden Hühner sind mir total egal. Die können mir den Buckel runterrutschen. Ich meine das natürlich nicht wörtlich, also nicht beim Contact-Tanzen.«

»Hab schon verstanden.« Vicky hob eine blaue Muschelschale auf, die vom Wind an den Beckenrand getragen worden war, und rieb die feinen Sandkörner ab.

Katharina hatte Humor, das musste man ihr lassen. Aber bestimmt ging es ihr trotzdem nicht gut.

»Du hast heute ganz schön viel Kritik einstecken müssen«, sagte Vicky. »Ich kenn das. In meiner alten Schule hatte ich eine Mathelehrerin, Frau Novi. Die hatte mich total auf dem Kieker, hat mich dauernd aufgerufen, auch wenn ich mich nicht gemeldet hatte.«

Zum ersten Mal drehte Katharina den Kopf zu ihr. Sie wirkte jetzt leicht verärgert. »Ich bin heute mit dem falschen Fuß aufgestanden. Ist einfach nicht mein Tag. Das ist alles, okay?«

»Okay.« Vicky polierte weiter die Muschelschale, obwohl längst keine Sandkörner mehr drauf waren. »Ich wollte nicht nerven oder so …« Sie stand auf und legte die glänzende Muschel neben Katharina auf der Steinstufe ab.

»Schon gut.« Ein kleines Lächeln stahl sich auf Katharinas Gesicht. »Ich weiß, du wolltest nur nett sein.«

»Also, falls du mal jemanden zum Reden brauchst«, bot Vicky an. »Jederzeit.«

»Danke.« Katharina nahm die Muschel in die Hand. »Auch dafür.«

Vicky winkte ab. »Kein Thema.« Dann verabschiedete sie sich und lief zum Haupthaus hinüber.

Auf der Treppe nahm sie immer zwei Stufen auf einmal und pfiff dazu die Melodie ihres Sommer-Songs vor sich hin. Heute gab es Lasagne zu Mittag – ihr Lieblingsessen. Hoffentlich hatte Luna ihr ein großes Stück reserviert!

7. Kapitel

Vicky und Luna waren viel zu früh dran. Vicky hatte gedrängelt, weil sie so neugierig auf die erste Schauspielstunde bei der netten Vertrauenslehrerin war. Zu ihrer Überraschung saß Celina Pinto bereits auf der Bühne. Die Kulisse im kleinen Bühnenraum des Fischerhauses bestand aus einem schwarzen Hintergrund und einem schlichten Holzstuhl. Minimalismus pur.

»Hallo Frau Pinto!«, grüßte Vicky freundlich.

»Hallo«, antworte die Lehrerin tonlos. Sie saß wie versteinert da, mit einem ausdruckslosen Blick, der Vicky verstummen ließ.

Verunsichert nahmen Vicky und Luna ihre Plätze im Zuschauerraum ein. Die schwarze Kulisse wirkte bedrückend, wie bei einer Tragödie, wenn man wusste, gleich würde etwas Schreckliches passieren. Was hatte Celina bloß vor? Sollten sie heute eine Tragödie einstudieren?

Nach und nach trudelten die restlichen Newcomer ein. Celina Pinto veränderte ihren Gesichtsausdruck nicht. Sie sagte jeweils kurz »Hallo«, aber das war's auch schon.

»Wie ist die denn drauf?«, flüsterte Josephine Vicky und Luna zu.

Vicky hatte keine Antwort. Sie war selber ratlos. Am ersten und zweiten Tag hatte Celina Pinto doch so offen und herzlich gewirkt. War das alles nur Show gewesen?

Inzwischen war die Klasse komplett. Die Lehrerin stand auf und stellte sich mit verschränkten Armen an den Bühnenrand. »Heute beginnen wir mit dem Schauspielunterricht. Ich werde euch am Anfang kurz erzählen, wie ich zum Theater gekommen bin.« Ihre Stimme klang so nüchtern wie die einer Nachrichtensprecherin aus dem Fernsehen. »Ich stamme aus Peru. Meine Eltern hatten ein Café im Zentrum unserer kleinen Stadt. Dort habe ich das erste Mal ein Straßentheater gesehen. Es hat mich sehr fasziniert.«

Vicky hörte sprachlos zu. Sie konnte nichts spüren von der angeblichen Faszination.

Celina Pinto redete unbeirrt weiter: »Später wurde ich selbst Schauspielerin, aber ich war noch nicht am Ziel. Erst als ich eine Schauspieltruppe quer durch Peru, Mexiko und Argentinien begleitet habe, war ich angekommen.«

Plötzlich ging eine Wandlung in der Lehrerin vor.

Ihre Gesichtszüge wurden offener, ihre Augen leuchteten. Sie lächelte! »Auf dieser Reise habe ich viel gelernt über die Wurzeln des Theaters, über den Kontakt zwischen Schauspielern und Publikum, über das unsichtbare Band, das uns Menschen rund um den Globus miteinander verbindet. Ich bin bei mir selbst angekommen.«

Die Newcomer starrten Celina Pinto verwirrt an. Der Wandel war so abrupt passiert, dass keiner wusste, wie er darauf reagieren sollte.

Da brach Celina Pinto in herzhaftes Lachen aus. »Danke, dass ihr bei meinem kleinen Experiment mitgemacht habt. Was meint ihr, was war das für ein Experiment? Wie habe ich gesprochen?«

»Normal«, meldete Fleur sich zögernd zu Wort. Hatte sie sich tatsächlich nicht eine Sekunde über den seltsamen Auftritt gewundert? Vicky konnte es nicht fassen. Andererseits passte es zum Bild, das sie sich bisher von Fleur gemacht hatte.

»Streng«, sagte Michelle.

Andere Adjektive fielen: »Nüchtern, ausdruckslos, unfreundlich.«

Die Lehrerin nickte. »Alles richtig. Aber vor allem habe ich zunächst emotionslos gesprochen, ohne Gefühle. Später hab ich dann mein Herz geöffnet. Wie unterschiedlich das auf die Mitmenschen wirkt, habt ihr selbst erfahren.« Sie machte eine Pause und wurde wieder ernst. »Theater, so wie ich es verstehe, lebt von Gefühlen. Ein Schauspieler schlüpft in eine Rolle und verkörpert sie mit all ihren Gefühlen: Liebe, Wut, Zärtlichkeit, Hass, Mitgefühl, Angst und Mut. Wenn es ihm gelingt, diese Gefühle glaubhaft zu spielen, berührt er die Zuschauer.«

Vicky bekam eine Gänsehaut auf den Armen. Sie hatte sich also doch nicht in Celina Pinto getäuscht! Die Klasse gab zustimmende Geräusche von sich. Vicky sah, wie Maxi in der ersten Reihe heftig nickte.

Die Schauspiellehrerin lächelte. »Habt ihr Lust, noch ein Experiment zu wagen? Diesmal seid ihr allerdings keine Zuhörer, sondern dürft selbst spielen.«

Sofort kribbelte es in Vickys Armen und Beinen. Was würde das wohl für ein verrücktes Experiment sein?

Celina Pinto erklärte es: »Das Spiel heißt *Liebe, Angst, Hass.* Mehr möchte ich noch nicht verraten. Bitte kommt alle auf die Bühne.«

Das ließ sich Coco nicht zweimal sagen. Sie stürmte nach vorne, als ob sie die Hauptdarstellerin sei. Vicky versuchte Coco zu ignorieren. Trotzdem bekam sie auf einmal weiche Knie. Als sie im Scheinwerferlicht dort oben stand, ohne ihre Gitarre, fühlte sie sich nackt. Vicky schüttelte ihre Arme aus, um lockerer zu werden, und atmete tief durch. Schon ging es ihr besser.

Dann startete die Lehrerin die Übung: »Geht bitte im Raum herum. Jede für sich, so als ob ihr einen kleinen Spaziergang machen würdet.«

Die Newcomer setzten sich langsam in Bewegung. Am Anfang war es komisch. Vicky hatte das Gefühl, als würde sie zum ersten Mal in ihrem Leben gehen. Auf der Bühne schienen ihre Beine so steif wie bei einer Puppe zu sein. Coco stolzierte wie ein Pfau auf und ab. Maxi dagegen beschleunigte ihre Schritte und hüpfte immer wieder mal zwischendurch, wie ein Kind, das Lust auf Bewegung hat. Vicky musste grinsen. Sie schaltete ihren Kopf aus und wurde automatisch lockerer.

Eine Weile ließ Celina Pinto die Schülerinnen so laufen. Dann rief sie plötzlich laut: »Stopp! Geht zu der Person, mit der ihr gerade Blickkontakt habt.«

Vicky hob den Kopf und sah Coco direkt in die Augen. Auch das noch! Widerstrebend machte sie einen Schritt auf Coco zu.

Die Lehrerin überzeugte sich davon, dass jede eine Partnerin gefunden hatte. »Wenn ich jetzt gleich ein Gefühl nennen werde, sollt ihr dieses Gefühl wechselseitig füreinander empfinden. Ihr dürft dabei reden und alles machen, außer euch berühren. Verstanden? Gut. Also, das Gefühl ist: LIEBE.«

Vicky erstarrte. Ausgerechnet für Coco sollte sie Liebe empfinden? Nein, das ging nicht, das war unmöglich! Coco machte ein ähnlich versteinertes Gesicht wie Celina Pinto am Anfang der Schauspielstunde.

»Worauf wartet ihr?« Die Lehrerin klatschte auffordernd in die Hände. »Lasst euch darauf ein.«

Vicky schluckte. Fieberhaft suchte sie nach einer Möglichkeit, die Übung irgendwie hinter sich zu bringen. Und plötzlich hatte sie eine Idee: Sie könnte sich doch einfach vorstellen, dass nicht Coco vor ihr stand, sondern ihre Freundin Sara!

Vicky konzentrierte sich. Sie strengte sich wirklich an, aber ihre Idee scheiterte grandios. Coco ähnelte Sara nicht im entferntesten, und sie war leider so präsent, dass Vicky sich ihrer Ausstrahlung nicht entziehen konnte.

Auf einmal hörte sie wie durch einen Nebel Coco sagen: »Du hast schöne Augen. Graublau. Eine ganz besondere Farbe.«

Hatte sie sich verhört? Offensichtlich nicht, denn Coco lächelte sie an und wiederholte: »Wirklich schöne Augen.«

Vicky riss sich zusammen und bedankte sich für das Kompliment. Dann ging sie einmal um Coco herum, wie eine Designerin bei der Anprobe für eine Modenschau. »Und du hast eine super Figur. In die hab ich mich sofort verliebt.«

Verliebt! Sie hatte tatsächlich verliebt gesagt!

»Danke!« Coco strahlte. Es war ein echtes Strahlen, nicht ihr übliches künstliches Lächeln.

Vicky war verblüfft. Coco wurde richtig hübsch dadurch.

»Du bist so natürlich. Du verbiegst dich nicht, bleibst immer du selbst. Das liebe ich an dir.« Da war keine Spur von Neid in Cocos Stimme.

Vicky wurde rot. »Echt?« So etwas hatte ihr noch nie jemand gesagt! Dann betrachtete sie Coco zum ersten Mal richtig. Und entdeckte immer mehr liebenswerte Seiten an ihr. »Du lächelst so schön, mit den Augen und dem Mund. Und wie du neulich getanzt hast, das war einfach wunderbar. Du bist in deinem Körper zu Hause.«

Jetzt wurde Coco doch glatt verlegen und strich sich eine Haarsträhne hinters Ohr. »Findest du?«

»Stopp!«, rief Celina Pinto. »Verabschiedet euch und geht jede für sich allein weiter im Raum herum.«

Vicky nickte Coco zu. Fast tat es ihr leid, dass sie sich schon von ihr verabschieden musste. Aber nur kurz, denn sobald Coco alleine war, trug sie die Nase wieder ganz weit oben. Sie konnte eben doch nicht aus ihrer Haut!

Als die Lehrerin das nächste Mal »Stopp!« rief, standen sich Vicky und Maxi gegenüber. Und das Gefühl war diesmal: HASS.

Von einer Sekunde zur anderen schnitt Maxi eine fürchterliche Grimasse. Vicky prustete los, weil es einfach zu komisch aussah.

Maxi zog ihre Augenbrauen zusammen. »Siehst du, deswegen hasse ich dich! Weil du mich auslachst. Du machst dich lustig über mich, nimmst mich überhaupt nicht ernst.«

Vicky zwang sich dazu, extra finster dreinzuschauen. »Stimmt genau! Du oberflächliche, blöde Kuh! Dumme Witze reißen, das ist alles, was du kannst!«

Maxi ballte die Fäuste. »Was bleibt mir auch anderes übrig? Du machst mich ja nach Strich und Faden fertig. Wochenlang geht das jetzt schon so. Du ... du ...« Sie rang nach Worten, aber ihr fiel nichts Passendes ein.

Mit hochroten Köpfen standen sich Vicky und Maxi schweigend gegenüber. Die Luft wurde mit jeder Sekunde aufgeladener.

Der ganze Bühnenraum schien auf einmal nur noch aus Hass zu bestehen. Neben ihnen warfen sich Kristin und Michelle die übelsten Schimpfwörter an den Kopf. Aber noch schlimmer waren die Blicke, die sich die beiden Mädchen wie Blitze zuschossen. Vicky musste an die Redewendung denken: Wenn Blicke töten könnten ...

»Ihr seid wirklich gut«, lobte Celina Pinto Kristin

und Michelle. »Aber übertreibt es nicht. Merkt euch: Eine gewisse Distanz zur Rolle muss immer bleiben. Sonst verschlingt sie euch, oder ihr verliert euch darin.«

Kristin und Michelle reagierten nicht. Es war nicht klar, ob sie die Lehrerin überhaupt gehört hatten. Feindselig starrten sie einander an.

Vicky war heilfroh, als die zweite Runde zu Ende ging und sie sich beim Umherlaufen ein wenig erholen konnte.

Dann kam das dritte Gefühl: ANGST.

Fleur trat zögernd auf Vicky zu. Sie legte schützend die Arme um ihre Schultern und traute sich nicht, Vicky in die Augen zu sehen. Das war unheimlich. Auf einmal hatte Vicky den Verdacht, Fleur würde etwas vor ihr verbergen. Irgendein dunkles Geheimnis. Hatte sie ein Verbrechen begangen?

Fleur rieb die Hände gegeneinander. Ihre Fingergelenke knackten. Vicky lief ein eiskalter Schauer über den Rücken. Verbrecher konnten rückfällig werden. Was war, wenn Fleur eine Gefahr in ihr vermutete, wenn sie plötzlich ausrastete und Vicky bedrohte? Ihre Brust wurde auf einmal ganz eng. Sie hatte nicht genug Luft zum Atmen …

»Katharina?« Die leise Stimme der Lehrerin brachte Vicky zurück in die Realität. Erleichtert hörte sie zu, was Celina Pinto zu Katharina sagte: »Ich kann dich noch nicht so richtig spüren. Ich spüre deine Angst nicht. Geh mehr aus dir heraus! Trau dich ruhig.«

Wenige Minuten später beendete Celina Pinto die Übung. »Ich danke euch für euer Vertrauen und euren Mut. Lasst uns noch zu einer Schlussrunde zusammenkommen.«

Die Newcomer setzten sich im Kreis auf den Boden. Alle waren noch ziemlich benommen, selbst Coco. Vicky sah zu ihr rüber. Ihre Blicke trafen sich, und für einen kurzen Augenblick, nicht länger als das Aufflammen eines Streichholzes, fühlten sie sich wieder nahe. Dann presste Coco die Lippen aufeinander und setzte ihre gewohnte hochmütige Maske auf.

»Bist du so weit?«, fragte Luna ungeduldig. Sie saß im Schneidersitz auf dem Bett und hatte ihr Tablet auf den Knien.

»Ja, gleich … Eine Sekunde noch. Jetzt!« Vicky klappte die Schranktür zu, hinter der sie sich umgezogen hatte.

»Du siehst super aus!« Luna pfiff durch die Zähne. »Die schwarze Fliege und das weiße Hemd, genau wie Pharrell Williams im Musikvideo. Aber der letzte

Schrei ist der Herrenhut. Wo hast du den bloß aufgetrieben?«

Vicky lächelte geheimnisvoll. »Tja, meine Liebe, ich hab eben meine Beziehungen spielen lassen. Als Weltstar kenne ich natürlich Brad Pitt. Der war so nett und hat mir den Hut mit seinem Privatjet einfliegen lassen.«

»Der gute alte Brad«, kicherte Luna. »Immer hilfsbereit, immer ein Gentleman!«

»Du sagst es.« Vicky überprüfte den Sitz ihres Hutes im Spiegel. »Nein, im Ernst, ich hab Celina Pinto nach der Schauspielstunde gefragt. Sie ist mit mir in die Requisite gegangen. Du, das ist ein riesiges Lager neben der Aula! Da gab es zehn verschiedene Herrenhüte. Ich konnte mich erst gar nicht entscheiden.«

»Aber du hast es geschafft, wie ich sehe.« Luna wischte mit den Fingern über den Bildschirm des Pads. »Wo ist deine Anfangsposition?«

Vicky ging zur Tür und lehnte sich mit dem Oberkörper gegen die kühle Wand. »Kann losgehen!«

»Fünf, vier, drei, zwei, eins … Action!« Luna startete das Musikvideo mit der Karaoke-Version von *Happy*.

Bass und Schlagzeug gaben den Rhythmus vor. Vicky drehte sich von der Wand weg und lief auf Luna zu. Sie wippte bei jedem Schritt in den Knien, klopfte mit dem Zeigefinger in der Luft den Takt und fing an, zu singen.

It might seem crazy what I'm about to say
Sunshine she's here, you can take a break
I'm a hot air balloon that could go to space
With the air, like I don't care baby by the way

Passend zum Text machte sie die Handbewegung für den Break, die Pause, und deutete mit ausgestreckten Armen einen großen Heißluftballon an. Als sie zum Refrain kam, klatschte sie in die Hände.

Because I'm happy
Clap along if you feel like a room without a roof
Because I'm happy
Clap along if you feel like happiness is the truth …

Luna ließ sich anstecken und klatschte mit.

Vicky freute sich so darüber, dass sie aus dem Konzept kam. »Äh … wie geht noch mal die nächste Zeile?«

»Egal, sing einfach weiter!«, drängte Luna.

»Because I'm happy, Clap along if you …«, sang Vicky, aber die Musik war ihr eine Liedzeile voraus. Das brachte sie durcheinander. Vicky griff sich an den Kopf. Da fiel ihr der Hut herunter. »Mist, ich komme nicht mehr rein!«, stöhnte sie.

Luna stoppte das Video. »Nein, ich glaube, das Wort ›Mist‹ kommt im Text nicht vor. Das wüsste ich. Ich hab mir die Lyrics extra ausgedruckt. Oder soll ich sicherheitshalber noch mal für dich nachsehen?«

Vicky warf den Hut nach Luna, verfehlte sie jedoch um einen Zentimeter. Der Hut landete hinter dem Bett. »Hör auf damit! Ich war schrecklich, ich hab's total vermasselt.«

»Stimmt doch gar nicht.« Luna war jetzt wieder mit vollem Ernst bei der Sache. »Du warst super. Ich hab Pharrell Williams richtig vor mir gesehen. Klar musst du noch an den Bewegungen arbeiten. Schau dir einfach das Video so oft an, bis dir seine Körpersprache in Fleisch und Blut übergeht.«

Genau das hatte Vicky ohnehin vorgehabt. »Und wie war meine Stimme?«

Luna überlegte kurz. »Die war auch ziemlich gut. Vielleicht noch ein bisschen zu hoch und weiblich.«

Vicky ließ sich neben Luna aufs Bett fallen. »Ich hab's geahnt! Das ist das Hauptproblem. Ich bin nun mal ein Mädchen, und eine Geschlechtsumwandlung kommt nicht in Frage, tut mir leid.«

»Echt nicht? Schade. Du könntest dir ja einen Bart ankleben«, schlug Luna vor.

»Du bist blöd!« Vicky griff nach dem Kopfkissen.

»Du willst eine Kissenschlacht?«

Vicky kreischte. »Nein, nicht!« Aber da hatte sie schon ein Kissen im Gesicht.

8. Kapitel

Nach der ausgelassenen Kissenschlacht mit Luna überfiel Vicky plötzlich eine bleierne Müdigkeit. Kein Wunder, der erste richtige Schultag war auch megaanstrengend gewesen. Sie wusste jetzt, dass Celina Pinto ihre absolute Lieblingslehrerin war, aber ihre Schülerinnen gleichzeitig auch ganz schön herausforderte.

Vicky hätte nichts gegen einen geruhsamen Erholungstag am Strand gehabt, aber der war leider im Stundenplan nicht vorgesehen. Morgen fing der Tanz-Workshop bei Mischa Weinfeld an. Vicky stellte sich schon mal innerlich darauf ein und versuchte es wieder mit einem Mantra wie vor dem Schulkonzert zu Hause.

Während Luna im Bad verschwand, um sich die Zähne zu putzen, setzte Vicky sich im Schneidersitz auf den Teppich. Sie lockerte die Schultern, ihre Arme und Beine. Als sie bis in die Fußspitzen entspannt war, machte sie die Augen zu und murmelte leise:

Ich kann tanzen.
Ich kann tanzen.
Ich kann …
Neeeein, ich kann es eben nicht!

Entnervt brach sie das Mantra ab. Diesmal half es überhaupt nichts. Sie war schon immer ehrlich zu sich selbst gewesen und konnte ihre Fähigkeiten ziemlich gut einschätzen. Tanzen gehörte nun mal definitiv zu ihren Schwächen! Ob es ihr gefiel oder nicht, sie musste dazu stehen und erst mal damit leben.

Mischa Weinfeld hing nicht an einem Seil. Er hatte keinen lockeren Spruch auf Lager wie Sami Swan. Und er hatte auch keine nette Überraschung vorbereitet wie Celina Pinto. Stattdessen begrüßte er die Newcomer mit einer völlig spaßfreien Rede.

»Die meisten von euch kennen wahrscheinlich meine Musik-Casting-Show im Fernsehen. Dort fließen viele Tränen bei den Kandidatinnen und Kandidaten. Ihr fragt euch vielleicht, woran das liegt. Weil ich so streng und gemein zu ihnen bin?«

Vicky fühlte sich ertappt. Genau das hatte sie gerade gedacht!

Der Tanzlehrer lachte trocken. Keiner lachte mit.

»Nein, ich bin nicht der fiese Kerl, für den ihr mich haltet. Ich bereite meine Schülerinnen nur auf die Zukunft vor. Die Realität im Showbusiness ist hart. Härter als ihr euch vorstellen könnt. Es gibt unglaublich viele Talente, wie Sand am Meer. Die Künstleragenturen, Regisseure und Choreographen der Tanz-Companien haben eine Riesenauswahl. Sie sind anspruchsvoll und suchen sich nur die Allerbesten aus. Zu Recht: Denn das Publikum erwartet Stars, große Stars, zu denen es aufsehen kann. Früher war es etwas einfacher, ein Star zu werden. Aber heute, in unserer schnelllebigen Zeit, werden die Karrieren kürzer. Neue Stars werden hochgepuscht und gehypt. Eine Woche später stürzen sie ab und verschwinden in der Versenkung. Wer sich dauerhaft oben halten will, der braucht neben einem ausgeprägten Selbstbewusstsein und starken Ellenbogen vor allem drei Dinge: Disziplin, Hartnäckigkeit und Fleiß. Je schneller ihr das begreift, umso besser für euch. Also, welche drei Dinge braucht ein Star?«

»Disziplin, Hartnäckigkeit und Fleiß«, wiederholte Fleur.

Mischa Weinfeld nickte zufrieden. »Genau. Und weil das so ist, werden wir hier hart trainieren. Das bin ich euch als verantwortungsvoller Lehrer der Star-Schule schuldig. Eines Tages, wenn ihr dieses Internat verlasst und eure Karrieren beginnt, werdet ihr es mir danken.«

»Garantiert nicht«, dachte Vicky. Das wusste sie heute schon.

Maxi sagte nach dieser beeindruckenden Rede ganz leise: »Amen.«

Mischa Weinfeld fixierte sie mit seinen durchdringenden Augen. »Möchtest du noch etwas hinzufügen?«

»Nein«, murmelte Maxi.

Mischa Weinfeld stand auf. »Gut. Dann können wir jetzt mit dem Aufwärmtraining anfangen.« Sein Blick wanderte suchend über die Köpfe der Mädchen. »Ihr seid ja nur elf. Wer fehlt?«

»Katharina«, sagte Azuka. »Sie hat eine Magenverstimmung und liegt im Bett. Sie hat sich von Celina Pinto eine Entschuldigung geben lassen. Hier ist sie.«

Mischa Weinfeld sah sich den Zettel gar nicht erst an. »Aha, Magenverstimmung! So was könnt ihr euch übrigens später abschminken. Wenn ihr einen Vertrag habt, ist es dem Agenten schnurzegal, ob euer Magen zwickt. Ihr müsst auftreten, sonst verklagt er euch vor Gericht wegen Vertragsbruch.«

Im Tanzsaal wurde es still. Alle starrten auf den Boden.

»Auf geht's!«, rief der Tanzlehrer. »Ich habe euch eine kleine und ganz simple Aufwärmchoreo mitgebracht, die wir insgesamt fünfmal wiederholen.« Er drehte die Musik laut auf. Südamerikanische Tanz-Rhythmen erfüllten den Saal.

Die Schülerinnen sollten sich in drei Reihen vor dem Spiegel aufstellen. Mischa Weinfeld machte die Bewegungen vor: Side Step, Kick nach vorne, Side Step, Kick nach hinten. Es folgte eine rasche Abfolge von weiteren Schritten, Drehungen und Sprüngen.

Und das nannte er eine simple Choreo? Vicky kam schon nach zwei Minuten nicht mehr mit. Das Tempo war einfach zu schnell.

»Konzentriert euch!«, rief Mischa Weinfeld. »Gleich beginnt die Choreo wieder von vorne, und zwar – jetzt!«

Beim zweiten Mal ging es Vicky nicht viel besser. Ihre Füße hinkten ihrem Gehirn mindestens einen Takt hinterher.

Der Tanzlehrer zählte laut mit: »Eins, zwei, drei, vier! Wir haben einen Viervierteltakt. Ist das wirklich so schwer? Ihr werdet doch noch bis vier zählen können.«

Vicky biss die Zähne zusammen. Klar konnte sie bis vier zählen, sie war ja nicht blöd! Angestrengt verfolgte sie die Schrittfolgen und Armbewegungen des Lehrers. Side Step, Kick nach vorne, Side Step, Kick nach hinten, dann die halbe Drehung und der Sprung, aber was kam danach, verflixt?

»Bei der dritten Wiederholung machen bitte *alle* mit. Vicky, wir stehen nicht dumm rum, wir *tanzen*!«

Prompt kam Vicky bei ihrer doppelten Drehung aus dem Gleichgewicht und musste mittendrin neu einsteigen, was total schwierig war.

Coco tanzte in der ersten Reihe. Mühelos setzte sie die Choreographie um und warf Mischa Weinfeld einen erwartungsvollen Blick zu.

Doch der meinte nur trocken: »Ganz toll, Coco. Man merkt dir an, wie anstrengend das Ganze für dich ist. Aber das wollen die Zuschauer nicht sehen. Sie wollen dich *lächeln* sehen.«

Coco setzte ein verkrampftes Lächeln auf.

»Doch nicht so!«, kritisierte Mischa Weinfeld genervt. »Jetzt denkt man, dass du auf dem Klo sitzt.«

Keiner lachte über den schlechten Witz, und Cocos Lächeln wurde dadurch auch nicht entspannter. Vicky empfand nicht mal Schadenfreude. Ihr fehlte schlichtweg die Zeit dazu.

»Nicht übel, Luna. Gutes Körpergefühl. Aber lass jetzt bloß nicht nach!«, mahnte der Lehrer.

Dann ging er weiter und kritisierte die anderen Mädchen. An fast jeder fand er etwas auszusetzen. Nur Fleur hielt seinem strengen Urteil stand. Sie war ihren Mitschülerinnen um Längen voraus, tanzte perfekt und besaß eine unglaubliche Körperbeherrschung.

Nach dem schweißtreibenden Aufwärmtraining folgten Technikübungen. Zuerst eine nicht enden wollende Abfolge von Pliés, Demi-Pliés und Grand-Pliés. Nach den vielen Kniebeugen fingen Vickys Beine an zu zittern. Und genau danach sollte sie eine elegante Arabesque tanzen, also auf einem Bein stehen und das andere Bein mit gestrecktem Knie nach hinten heben.

Der bissige Kommentar des Lehrers ließ nicht lange auf sich warten. »Das kann meine sechsjährige Tochter tausendmal besser als du, Vicky. Noch mal von vorne!« Er baute sich vor ihr auf und wartete so lange, bis sie die Arabesque einmal fehlerfrei hinbekommen hatte. Ohne ein Wort der Anerkennung setzte er seine Runde fort.

Die Quälerei ging die ganze Stunde so weiter. Am Ende war Vicky völlig fertig. Sämtliche Muskeln taten ihr weh, auch die, von deren Existenz sie bisher gar nichts gewusst hatte. Jetzt wollte sie nur noch eins: ab unter die Dusche!

Am Ausgang wurde sie von Mischa Weinfeld aufgehalten: »Warte bitte kurz, Vicky. Ich möchte dir noch was sagen.«

Luna hob im Vorbeigehen den Daumen hoch und lächelte Vicky aufmunternd zu. Dann verschwand sie mit den anderen Mädchen in Richtung Umkleide.

»Ja?« An Weinfelds Gesicht konnte Vicky bereits erkennen, dass er sie nicht mit Lob und Komplimenten überschütten würde.

»Du hast heute eine sehr schlechte Leistung abgeliefert, das weißt du, oder?« Es war keine Frage, es war eine gnadenlose Feststellung.

Vicky wollte sich trotzdem verteidigen, aber der Lehrer schnitt ihr das Wort ab. »Versuche bitte nicht, dich mit einer schlechten Tagesform zu entschuldigen. Das interessiert mich nicht. Ich möchte, dass du beim nächsten Mal doppelte Leistung bringst, hörst du?«

»Ich versuch's«, sagte Vicky.

Mischa Weinfeld schüttelte den Kopf. »Versuchen reicht nicht. Du musst es richtig wollen. Wegen dir werde ich das Niveau meines Workshops nämlich nicht runterschrauben, verstanden?«

»Klar.« Vicky kämpfte gegen die Tränen an. Vor dem Lehrer würde sie nicht weinen. Den Gefallen tat sie ihm nicht!

Mischa Weinfeld machte eine Handbewegung, als würde er eine Fliege verscheuchen. »Okay. Das war's für heute.«

Vicky ging ganz langsam zum Ausgang. Erst als sie im Gang war und Weinfeld sie nicht mehr sehen konnte, rannte sie los, flüchtete zur Umkleide und riss die Tür auf. Endlich durfte sie weinen!

»Hey, was war los? Was hat er zu dir gesagt?« Luna kam erschrocken auf sie zu, gefolgt von Maxi.

Die anderen Mädchen waren zum Glück schon weg. Das scheinheilige Mitgefühl von Coco hätte sie jetzt nicht ertragen.

»Er hat …«, brachte Vicky unter Schluchzen heraus, »gesagt, dass meine Leistung heute sehr schlecht war, und dass er … dass er wegen mir das Niveau seines Workshops nicht … runterschrauben wird.«

»Du Arme!« Luna legte tröstend den Arm um sie.

»Der Typ ist ja noch fieser als im Fernsehen!«, regte Maxi sich auf. »Weißt du was? Der ganze Ruhm ist ihm zu Kopf gestiegen. Jetzt schnappt er langsam über. Mann, wir hatten heute unsere erste Stunde!«

Vicky ließ sich auf die Bank fallen. Verzweifelt suchte sie in ihrem Rucksack nach Taschentüchern.

Luna war schneller und hielt ihr ein Päckchen hin.

»Danke.« Vicky wischte sich die Tränen ab und schnäuzte sich. »Das Schlimme ist, er hat ja recht. Ich kann wirklich nicht gut tanzen.«

»Hör auf, dich selber fertigzumachen!«, protestierte Maxi. »Dieser Weinfeld hat uns doch alle kritisiert, sogar unser Tanzwunder Coco! Nur bei Fleur hatte er nichts zu meckern, die ist aber auch zu perfekt. Und dabei denkt er noch, er ist der tollste Lehrer auf der ganzen Welt. Der ist völlig übergeschnappt.« Maxi tippte sich an die Stirn und verdrehte die Augen, bis sie schielte.

Vicky musste kurz lachen. Dann fiel ihr etwas ein: »Luna hat er auch gelobt!«

»Ja, und das Lob gleich wieder abgeschwächt«, stellte Luna klar.

»Ihr seid lieb.« Vicky schniefte. »Und ihr habt ja recht, von dem Typen lasse ich mich nicht fertigmachen, und wenn er zehnmal Weinfeld heißt und ein Fernsehstar ist!«

Maxi nickte zufrieden. »Das klingt schon viel besser.«

Den restlichen Vormittag erlebte Vicky wie in Trance. Irgendwie schaffte sie es, in Mathe und später beim langweiligen Kompositionsunterricht von Iris Heller so zu tun, als würde sie aufpassen. In Wirklichkeit musste sie immer wieder an die fiesen Worte von Mischa Weinfeld denken. Luna und Maxi hatten sie so lieb getröstet, aber eine Lösung für ihr Problem hatten sie leider auch nicht. Bis auf Lunas Vorschlag, den Tanzlehrer um die Ecke zu bringen, wie es die Mörder in den Krimis taten, wenn sie nicht mehr weiterwussten. Aber der Vorschlag war natürlich nicht ernst gemeint.

Endlich wurde Vicky von der Schulglocke erlöst. Mittagessenszeit!

Sie hatte keinen Hunger. Sie wollte allein sein, und Luna und Maxi drängten sie zum Glück nicht, mit in den Speisesaal zu kommen. Also holte sie Badeanzug und Bademantel aus dem Zimmer und ging hinunter zum Außenpool.

Heute war ein kühler, windiger Tag. Vom Meer wehte eine frische Brise herüber. Vicky fror. Trotzdem benutzte sie die kalte Dusche und sprang vom Ein-Meter-Brett kopfüber ins Wasser.

Der Moment, als sie untertauchte, war ein Schock. Als hätte jemand eine Ladung Eiswürfel in den Pool gekippt. Das Wasser konnte höchstens sechzehn Grad haben. Vicky überwand den ersten Schreck und tauchte mit großen Zügen bis zum Beckenrand. Dann kraulte sie mit voller Kraft los. Bahn um Bahn schwamm sie, versuchte an nichts anderes zu denken als an den nächsten Zug und wieder den nächsten und wieder den nächsten ... Dabei wurde ihr schnell warm.

Irgendwann verselbständigten sich ihre Bewegungen. Ihr Körper schaltete auf Autopilot, und ihr Gehirn wurde leer.

Nach einer Wende hörte sie plötzlich jemanden in die Hände klatschen.

»Bravo, bravo!« Am Beckenrand stand Arturo. »Ich

wusste gar nicht, dass hier im Internat auch für Olympia trainiert wird, sonst hätte ich meine Stoppuhr mitgenommen. Du hast bestimmt gerade einen neuen Rekord aufgestellt.«

»Ja, und zwar den Weltrekord im Frustschwimmen!« Vicky zog sich am Beckenrand hoch und flüchtete vor einer Windböe zu ihrem Bademantel. Bibbernd schlüpfte sie hinein und schlang den Gürtel um ihre Taille.

Arturo zeigte auf ihre nackten Zehen. »Das musst du mir genauer erklären, aber nicht hier. Sonst holst du dir eine Erkältung. Drüben im Gewächshaus hab ich eine Thermoskanne mit heißem Tee.«

»K… klingt sehr gut!«, sagte Vicky mit klappernden Zähnen.

Im Gewächshaus war es herrlich warm. Eine Bewässerungsanlage berieselte die tropischen Pflanzen, die hier geschützt vom rauen Meeresklima ihr kleines Paradies gefunden hatten. Palmen, Farne und Sträucher mit üppigen Blüten standen dichtgedrängt in großen Pflanzkübeln nebeneinander. Sogar einen kleinen Teich gab es, mit Seerosen und süßen Mini-Schildkröten.

Arturo brachte die Thermoskanne und schenkte Früchtetee in zwei Becher. Sie setzten sich auf den steinernen Rand des Teichs.

»Also, wie war das noch mal mit dem Frustschwimmen?«, erkundigte sich Arturo. »Ist das eine neue olympische Disziplin, die ich noch nicht kenne?«

Vicky wärmte ihre Hände am Becher. »Nicht direkt. Aber ich dachte, Schwimmen hilft vielleicht. Heute hatte ich meine erste Stunde bei Mischa Weinfeld und …«

»… und die war eine Katastrophe«, beendete Arturo für sie den Satz.

Vicky war verblüfft. »Woher weißt du das?«

Arturo seufzte. »Weil ich es selbst erlebt habe, ist allerdings schon ein paar Jahre her. Damals hat er gerade erst beim Fernsehen angefangen und an einer Star-Schule für Jungs unterrichtet.«

»Du warst auch auf einer Star-Schule?«, hakte Vicky nach. »Ach, deshalb kannst du so toll Gitarre spielen!« Jetzt wurde ihr einiges klar. »Aber warum bist du dann heute Gärtner, statt auf der Bühne zu stehen und Konzerte zu geben?«

Arturo schraubte umständlich den Deckel auf die Thermoskanne. Sein Blick verdüsterte sich. »Das ist eine längere Geschichte, die dich nur langweilen würde. Auf jeden Fall war ich nur zwei Jahre dort.«

Vicky nahm einen Schluck Tee. Arturo wollte nicht darüber reden. Anscheinend erinnerte er sich nicht gerne an diese Zeit.

»Aber zurück zu dir.« Der Schatten auf Arturos Gesicht verflog. »Lass mich raten, was der liebe Mischa zu dir gesagt hat: Du hast überhaupt kein Talent, und er fragt sich, warum du überhaupt auf der Star-Schule gelandet bist?«

»So ähnlich.« Vicky fasste kurz die Kritik des Lehrers zusammen.

Arturo kratzte sich am Kopf. »O Mann! Der Typ ist wirklich einfallslos. Immer dieselben Sprüche. Dabei würde er mit Lob viel mehr erreichen. Aber was tut er stattdessen? Ordentlich Druck machen!«

»Hat leider funktioniert …«, murmelte Vicky. »Das Timing war auch super. Übermorgen soll ich nämlich bei Sami Swan einen Song vortragen. Ich werde vor lauter Lampenfieber keinen einzigen Ton rauskriegen, und Coco wird sich riesig freuen, weil sie mich dann wieder ausstechen kann, genau wie beim Tanzen.«

»Coco ist eine Mitschülerin von dir und deine Konkurrentin? Verstehe. Du hast also gleich zwei Probleme auf einmal. Warte kurz!« Arturo trug eine Baby-Schildkröte, die sich verlaufen hatte, zurück in den Teich. Hektisch schwamm das Tierchen zu seiner Mama hinüber.

Arturo setzte sich wieder neben Vicky. »Ich würde dir wirklich gerne helfen, aber ich hab leider keinen superschlauen Ratschlag oder ein Wundermittel für deine Probleme. Die Wahrheit ist: Es gibt wahrscheinlich auch kein Wundermittel.«

»Hab ich mir fast schon gedacht …« Vicky versuchte sich ihre Enttäuschung nicht anmerken zu lassen. »Ist nicht so schlimm.« Sie trank ihren Tee aus und stellte den leeren Becher auf den Boden.

Plötzlich sprang Arturo ein zweites Mal auf. »Bin gleich zurück.« Er verschwand in einem Nebenraum des Gewächshauses und kam mit seiner Gitarre zurück. »Die Akustik hier im Gewächshaus ist toll. Probier's doch mal aus!«

»Was – jetzt? Hier?« Vicky hatte keine besonders große Lust dazu.

»Ja, hier und jetzt!« Arturo nickte ihr aufmunternd zu. »Irgendeinen Song, den du kennst. Oder improvisier einfach ein bisschen. Ist völlig egal, komm schon!«

Vicky wusste nicht, wozu das gut sein sollte. Andererseits war sie neugierig, wie Arturos Instrument klang. Sie hing sich die Gitarre um und zupfte an den Saiten. Sie hatte einen überraschend vollen und satten Klang. Vicky spielte das Intro zu ihrem Sommerlied. Sie spielte den Song schneller als sonst. Er klang ein bisschen gehetzt, aber man konnte immer noch das Flirren einer heißen Sommernacht spüren.

Als der Song vorbei war, warf Arturo ihr einen

bewundernden Blick zu. »Hast du den selbst komponiert?«

Vicky nickte verlegen. »Ja, der Text ist auch von mir. Hinterher hab ich übrigens entdeckt, dass ein Songwriter aus den 80er Jahren einen Song geschrieben hat, bei dem es zwei kleine Überschneidungen zu meinem Text gibt. Aber ich hab nichts von ihm geklaut, ich schwör's!« Sie nannte den Namen des Songwriters.

»Ah, ich weiß, welchen Song du meinst!« Arturo winkte ab. »Der ist doch völlig anders. Da musst du dir wirklich keine Sorgen machen. Aber ich hätte dir auch so geglaubt.«

Ein Fenster am Gewächshaus klapperte. Arturo ging hin, machte es zu und kam zurück.

Vicky beugte sich wieder über die Gitarre. Mit den Fingern am Griffbrett suchte sie nach einem Akkord. Gedämpftes Moll. Ja, das passte besser zu ihrer Stimmung als der unbeschwerte Sommersong. Vicky fand zwei weitere Moll-Akkorde. Mit den drei schlichten Akkorden improvisierte sie eine kleine Melodie und summte dazu. Dann kamen ihr Worte in den Sinn.

Was mach ich am Meer?
Weiß es nicht mehr.
Alles hat keinen Sinn.
Weiß nicht, wer ich bin.

Als sie die Strophe wiederholte, trommelte Arturo leise mit den Fingern gegen die Thermoskanne, in einem Rhythmus, der an Regentropfen erinnerte. Vicky ließ die Melodie langsam ausklingen. Schon wieder war sie kurz vorm Heulen.

Arturo sagte lange nichts. Erst als Vicky die Gitarre aus der Hand legte, meinte er: »Was auch kommt, wie auch immer deine Zukunft aussehen wird, ob du nun ein Star wirst oder nicht – du hast die Musik in dir. Die bleibt.«

9. Kapitel

Sami Swan stand wie ein Showmaster im Klassenzimmer. Er hielt sich eine Banane als Mikrophon vor den Mund und verkündete: »Und jetzt, liebes Publikum, kommen wir zum ersten großen Highlight unseres Programms: zu einer Künstlerin, die heute ihr Debüt gibt. Begrüßen Sie mit einem stürmischen Applaus die großartige, sensationelle, unvergleichliche Viktoria!«

Die Klasse lachte sich schief. Peinlicher ging's wohl nicht!

Aber egal. Vicky beschloss, es einfach hinter sich zu bringen. Sie verbeugte sich vor ihren Mitschülerinnen und tippte sich an die Krempe ihres Herrenhuts. Dann gab sie Luna mit einem Kopfnicken das vereinbarte Zeichen. Ihre Freundin startete die Karaoke-Version.

Vicky kannte inzwischen jede Note von *Happy* auswendig. Gestern hatte sie den ganzen Abend mit Pharrell Williams verbracht. Das Date war sehr intensiv gewesen. So intensiv, dass sie heute in seine Haut schlüpfen konnte, weil sie genau wusste, wie er sich fühlte.

Vicky stellte sich an die Wand. Sie setzte im richtigen Moment ein, drehte sich zu ihren Zuschauern um und wippte im Takt mit. Sie war cool. Sie war ein Mann. Sie war Pharrell, der alle Menschen glücklich machte.

Because I'm happy
Clap along if you feel like a room without a roof
Because I'm happy
Clap along if you feel like happiness is the truth …

Vicky verwechselte beim Refrain nur einmal zwei Wörter, ansonsten schaffte sie es, ohne Fehler oder Aussetzer durchzukommen. Sie verbeugte sich, lüftete kurz ihren Hut und grinste fast so unwiderstehlich wie Pharrell Williams.

Ihre Mitschülerinnen klatschten, Luna trampelte begeistert mit den Füßen, und Maxi pfiff mit zwei Fingern im Mund. Nur Coco saß in ihrem hochgeschlossenen, weißen Sommermantel da und schaute betont gelangweilt drein.

Vicky fiel ein Riesenstein vom Herzen. So schlecht konnte sie also nicht gewesen sein! Was Sami Swan wohl dazu sagen würde?

Sie wartete auf sein Feedback. Er verschränkte die Arme und sagte:

NICHTS.

Sein Schweigen war kaum auszuhalten.

»Äh ... hab ich die Aufgabe jetzt bestanden oder nicht?«, fragte Vicky schließlich unsicher.

Sami Swan beantwortete die Frage nicht. Er sagte nur: »Bitte sing uns den Song am Montag noch mal vor.«

Das Urteil traf sie wie ein Schlag in die Magengrube. Sie hatte die Aufgabe nicht bestanden! »Aber was hab ich denn falsch gemacht?«, wollte sie wissen.

Der Lehrer lächelte. »Tut mir leid, bei dieser Aufgabe gebe ich keine Tipps. Ihr müsst selbst herausfinden, wie ihr euren Song präsentiert. Das gilt übrigens für alle. Danke, Vicky. Du kannst dich wieder setzen.«

Wie betäubt ging Vicky zurück zu ihrem Platz. Jetzt verstand sie überhaupt nichts mehr! Sie hatte die Aufgabe doch genau erfüllt: Sie hatte Pharrell Williams imitiert. Was wollte Sami Swan denn noch von ihr? Dass sie doch eine Geschlechtsumwandlung machte?

»Ich versteh's auch nicht«, flüsterte Luna ihr zu.

Vicky lehnte sich in ihrem Stuhl zurück. Plötzlich hörte sie wieder Arturos Worte: »... ob du nun ein Star wirst oder nicht.«

Das war's also! Sie hatte auf ganzer Linie versagt. Eigentlich konnte sie gleich in ihr Zimmer gehen, ihre Sachen packen und heimfahren, bevor die Lehrer sie dazu aufforderten. Der Gedanke fühlte sich seltsamerweise gar nicht so schrecklich an, eher wie eine logische Konsequenz.

Sami Swan stand wieder mit seiner albernen Banane vor der Klasse. »Und nun, liebes Publikum, freuen Sie sich mit mir auf unseren zweiten großen Höhepunkt: auf eine Künstlerin, die ebenfalls heute ihr Debüt gibt. Begrüßen Sie mit einem extragroßen Applaus die wundervolle Coco!«

Vicky blieb sitzen. Cocos Auftritt würde sie noch abwarten. Den durfte sie sich nicht entgehen lassen.

Coco zog ihren Sommermantel aus. Darunter trug sie ein langes, schwarzes Flatterkleid, wie Shakira im Video. Selbstbewusst ging sie nach vorne, hob beide Arme hoch und zog das Band aus ihren Haaren. Während sie ihre Frisur zu einer wilden Mähne verwuschelte, startete Jil die Karaoke-Version des WM-Songs.

»La, la, la …«, sang Coco und schwang ihre Hüften dazu. Sie machte das richtig gut, musste Vicky zugeben, sofern man Hüftenschwingen und »La, la, la« als große Leistung bezeichnen konnte.

Auch Coco bekam großen Applaus. Vielleicht klatschten die Mitschülerinnen bei ihr sogar noch etwas lauter als bei Vicky.

Coco ging zu Sami Swan und nahm ihm die Banane aus der Hand. »Danke, dass ich heute hier auftreten durfte! Es war eine wunderbare Erfahrung für mich, bei euch zu sein und für euch zu singen. Danke! Ich liebe euch alle!« Sie warf alberne Kusshände in die Menge, verbeugte sich und setzte sich mit einem Siegerlächeln auf den Lippen auf ihren Platz.

Sami Swan verzog wieder keine Miene. Er sagte erst: NICHTS.

Und dann: »Bitte sing uns den Song am Montag noch mal vor, Coco.«

»Was⸮!⸮« Cocos Siegerlächeln erstarb. »Warum das denn⸮ Ich war doch gut!«

Der Lehrer wurde ungeduldig. »Ich hab es doch vorhin schon erklärt: Ich gebe keine Tipps und auch kein Feedback. Also, wer ist die Nächste⸮ Ach ja, Katharina!«

»Äh … ich hatte leider noch keine Zeit zum Vorbereiten«, entschuldigte sich Katharina. »Ich war krank.«

Vicky wusste, dass das nicht ganz stimmte. Katharina hatte ihr anvertraut, dass ihr zwar wirklich schlecht gewesen war, aber mehr wegen des ganzen Drucks und nicht, weil sie etwas Falsches gegessen hatte.

Sami Swan stutzte. »Ach so, das wusste ich nicht. Kein Problem, dann singst du deinen Song am Montag zusammen mit den anderen.«

»Danke!«, sagte Katharina sichtlich erleichtert.

Coco vergrub währenddessen ihren Kopf in den Händen. Ihre wilde Mähne fiel ihr wie ein Trauervorhang vor das Gesicht.

Beinahe tat sie Vicky leid. Für Coco war es vermutlich ein noch schwererer Schlag. Für sie, die es gewohnt war, immer von allen Lob zu bekommen, dauernd im Mittelpunkt zu stehen und der Star zu sein. Aber auch sie hatte Sami Swans Aufgabe nicht gelöst!

Vicky überlegte es sich anders. Nein, sie würde nicht die Koffer packen, sie würde nicht aufgeben: Jetzt erst recht nicht!

Am liebsten hätte Vicky sich am Nachmittag ins Falkenhaus zurückgezogen, um intensiv an ihrem Song von Pharrell zu arbeiten, aber sie traute sich nicht, in Deutsch und beim ersten Kurs von Dominik Helms blauzumachen.

Der Styleberater hatte die Newcomer gebeten, um Punkt drei Uhr auf der oberen Terrasse des Haupthauses zu sein. Gespannt warteten sie auf den Lehrer.

Dominik Helms erschien in einer dunklen Stoffhose, schwarzen Schuhen und weißem Hemd. In seiner Sonnenbrille spiegelten sich die Wellen des Meeres. »Hallo zusammen! Ist heute nicht ein herrlicher Tag? Von hier hat man den schönsten Blick auf die See.«

Vicky legte den Kopf in den Nacken. Der Lehrer hatte recht. Was für ein Unterschied zu gestern! Ab und zu tanzten kleine weiße Schönwetterwolken über den Himmel. Ansonsten war es wunderbar warm und beinahe windstill.

Dominik Helms nahm die Sonnenbrille ab. »Trotzdem werden wir an diesem traumhaften Tag arbeiten – nein, keine Widerrede!« Er lachte. »Ich habe mir eine spannende Aufgabe für euch ausgedacht: Stellt euch vor, ihr hättet ein Vorstellungsgespräch bei einem einflussreichen Agenten. Er hat euch auf der Bühne gesehen und möchte euch näher kennenlernen. Von eurem Auftreten bei diesem Vorstellungsgespräch hängt sehr viel ab: Wie gut könnt ihr euch präsentieren? Wie gut seid ihr vorbereitet? Und natürlich ganz, ganz wichtig: Was zieht ihr an?«

Fleur hob ungefragt die Hand. »Ich würde etwas Seriöses anziehen. Bloß keine Jeans, keinen Minirock und keine hohen Absätze.«

»Stopp!«, unterbrach der Lehrer. »Du bist zu schnell, Fleur. Wir werden später über solche Dinge reden. Jetzt möchte ich erst mal, dass ihr in eure Zimmer geht und euch ein Outfit anzieht, von dem ihr glaubt, dass es geeignet ist.« Er tippte auf seine Armbanduhr. »In zehn Minuten seid ihr wieder hier!«

Vicky und Luna stürmten mit den anderen los. Nur zehn Minuten! Wie sollten sie das bloß schaffen?

Kurz darauf stand Vicky ratlos vor ihrem Kleiderschrank. Sie hatte hauptsächlich Freizeitkleidung ins Internat mitgebracht: Jeans, farbenfrohe Tuniken, Sommershorts, sportliche Pullis und weite Shirts. Das einzige »seriöse« Teil in ihrem Schrank war ein schwarzer Hosenanzug, aber den mochte sie nicht, weil er ihr ein bisschen zu eng war.

»Was ziehst du denn an?«, fragte sie Luna.

Ihre Zimmernachbarin schlüpfte gerade in eine weiße Sommerhose und kombinierte dazu eine zarte, fliederfarbene Seidenbluse mit kurzen Ärmeln.

Vicky war beeindruckt. »Du siehst super elegant aus!«

Luna zog cremefarbene Pumps mit halbhohen Absätzen an und drehte sich vor dem Spiegel. »Ist es nicht *zu* elegant?«

»Nein, genau richtig«, fand Vicky. »Wenn ich bloß wüsste, was ich anziehen soll!«

Luna trat neben sie. »Am besten etwas, worin du dich wohlfühlst. Bei einem Vorstellungsgespräch sollte man sich nicht verkleiden.«

Damit konnte Vicky etwas anfangen. Sie griff zu ihrer Lieblingstunika, einem Teil aus orangefarbenem Leinen, und kombinierte eine dunkle Jeans dazu. Ihre Lieblingssandalen waren nicht mehr ganz neu, aber sie passten mit den geflochtenen braunen Lederriemen gut zum Stil der Tunika.

Luna hob den Daumen. »Absolut perfekt! Und das weiße Armband ist das ideale Accessoire. Als hättest du es extra dazu gekauft.«

Kichernd liefen Vicky und Luna zurück zur Terrasse. Dort hatte der Styleberater mit zwei Liegestühlen Anfang und Ende eines improvisierten Laufstegs markiert. Er selbst stellte sich ans Ende.

»So, ich bin jetzt also der berühmte Agent! Weil ich viel Geld habe, bin ich in einem Luxushotel abgestiegen und erwarte dich auf der Terrasse. Der erste Eindruck zählt! Überleg dir also genau, wie du auf mich zugehst. Wer möchte anfangen?«

Zur Überraschung aller meldete sich Katharina. Bisher hatte sie sich noch nie freiwillig einer Aufgabe gestellt.

»Gut, Katharina, ich bin gespannt.«

Vickys Mitschülerin trug einen schmalen, knielangen Rock und ein schlichtes weißes Shirt. Sie ging ganz natürlich auf Dominik Helms zu, streckte die Hand aus und begrüßte ihn mit einem offenen Lächeln. »Hallo Herr Helms, ich bin Katharina Frank! Vielen Dank für Ihre Einladung.«

Der Styleberater lächelte zurück. »Herzlich willkommen! Schön, dass Sie da sind, Frau Frank.«

»Ich freue mich auch, Sie kennenzulernen.«

Dominik Helms brach das Rollenspiel ab. »Ganz

toll, Katharina! Super Outfit, super Begrüßung. Professionell und gleichzeitig sympathisch. Als Agent habe ich einen sehr guten ersten Eindruck von dir.«

Die Übung ging weiter. Lissi bekam ebenfalls Lob vom Styleberater. Fleur dagegen trat viel zu steif auf. In ihrem engen Kostüm konnte sie sich auch kaum bewegen.

»Ich weiß, du meinst es gut«, sagte Dominik Helms. »Aber du kommst zu seriös und streng rüber. Schließlich arbeitest du nicht bei einer Bank, sondern bist eine Künstlerin. Geh die Sache ein bisschen lockerer an.«

»Können Sie mir das bitte genauer erklären?« Fleur zog einen beleidigten Flunsch.

Geduldig machte der Styleberater seinen Standpunkt deutlich.

Im Hintergrund entstand plötzlich Unruhe in der Klasse. Kristin und Michelle konnten sich nicht darauf einigen, wer zuerst auftreten durfte.

»Ständig drängelst du dich vor!«, beschwerte sich Kristin. »Es dreht sich nicht immer alles nur um dich!«

»Aber um dich, oder was?«, gab Michelle schlagfertig zurück. »Lass es doch einfach lieber. In deinem Blümchenkleid siehst du total lächerlich aus. Als ob du zu einem Kindergeburtstag gehen würdest.«

»Und du hast dich aufgedonnert wie für eine Modenschau! Du hast viel zu viel Schminke im Gesicht. Das sieht total billig aus!«

»Und das kannst ausgerechnet *du* beurteilen?«

Schon wieder standen sich die beiden Mädchen wie bei einem Boxkampf gegenüber. Voller Hass starrten sie sich gegenseitig an.

Da platzte Vicky der Kragen. Entschlossen ging sie zu Kristin und Michelle hinüber. »So kann das nicht weitergehen, Leute! Sprecht euch bitte endlich aus und begrabt euren Streit. So schwer kann das doch nicht sein.«

Ein paar Sekunden schwiegen die Mädchen. Dann funkelte Kristin Vicky zornig an: »Du hast keine Ahnung!«

»Genau.« Zum ersten Mal war Michelle derselben Meinung wie ihre Mitschülerin. »Misch dich hier nicht ein! Das geht dich überhaupt nichts an.«

»Doch, das geht uns alle was an«, stellte Vicky klar. »Seit das Schuljahr angefangen hat, vergiftet ihr die Stimmung in unserer Klasse. Merkt ihr gar nicht, wie unangenehm das für uns ist? Das belastet uns alle.«

»Ja, das stimmt«, kam es von mehreren Seiten.

Kristin wollte gerade zu einem lautstarken Protest ansetzen, als Dominik Helms sich zu Wort meldete: »Worum geht es hier eigentlich? Was ist los? Klärt mich bitte auf.«

»Kristin und Michelle kennen sich von ihrer früheren Schule«, erzählte Vicky. »Seit sie hier sind, streiten sie ständig. Das wird immer schlimmer. Sie …«

Ein Schatten fiel auf die Terrasse. Die Rektorin stand plötzlich in der Tür, ohne dass jemand sie hatte kommen hören. Vicky vergaß, was sie hatte sagen wollen.

»Hallo Frau Böhme!«, begrüßten die Newcomer die Rektorin.

»Hallo zusammen.« Julia Böhme warf einen besorgten Blick in die Runde. »Ich habe laute Stimmen gehört. Ist bei euch alles In Ordnung?«

Dominik Helms beruhigte sie. »Ich denke schon. Es scheint sich um ein Missverständnis zu handeln. Wir werden das gleich aufklären.«

»Gut.« Die Rektorin nickte. »Ich vertraue auf euch.« Dann wandte sie sich an Michelle. »Für dich ist gerade ein Brief angekommen, per Express. Ich dachte, ich bringe ihn dir lieber persönlich vorbei.«

Michelle hob erstaunt die Augenbrauen. »Von wem ist er denn?«

»Von deinen Eltern. Hier bitte. Ich hoffe, es sind gute Nachrichten.« Julia Böhme drückte Michelle den Briefumschlag in die Hand und verabschiedete sich.

Michelle riss den Brief auf, überflog die ersten Zeilen und wurde blass. Mit zitternden Fingern ließ sie den Brief sinken. Plötzlich liefen Tränen über ihr Gesicht.

»Michelle!«, rief Dominik Helms bestürzt. »Geht es dir nicht gut?«

Michelle schluchzte laut auf.

Alle sahen sie erschrocken an. In dem Brief musste etwas Furchtbares stehen!

Dominik stellte sich schützend vor Michelle. »Ich glaube, eure Mitschülerin braucht jetzt Ruhe. Möchtest du vielleicht auf dein Zimmer gehen? Oder mit der Vertrauenslehrerin reden?«

Michelle schüttelte heftig den Kopf. »Nein, bloß nicht.«

»Was möchtest du dann?« Nach mehrmaligem, vorsichtigem Nachfragen konnte der Styleberater schließlich in Erfahrung bringen, dass Michelle mit Kristin reden wollte.

»Und Vicky soll auch dabei sein«, brachte Michelle schniefend heraus. »Als Vermittlerin.«

»Aber nur, wenn Sie auch mitkommen!«, verlangte Kristin sofort im Gegenzug von Dominik Helms.

Der war einverstanden. »Gut, wir gehen am besten zu viert kurz rüber in den Speisesaal. Da können wir in Ruhe reden.« Er wandte sich an die Klasse. »Bitte bleibt hier. Ihr könnt gerne mit der Übung weitermachen. Es findet sich bestimmt eine unter euch, die die Rolle der Agentin übernehmen möchte.«

»Ich!«, rief Coco sofort.

Vicky war es egal, dass Coco schon wieder den großen Star spielte. Im Augenblick gab es wichtigere Dinge als Coco.

Ihre Schritte hallten ungewohnt laut, als sie den großen, leeren Speisesaal betraten. Die Böden waren noch feucht. Die Putzfrau hatte alle Stühle mit den Beinen nach oben auf den Tischen abgestellt.

Dominik Helms ging zum Tisch der Newcomer und drehte vier Stühle um. »So, setzt euch bitte.«

Vicky holte tief Luft und wandte sich an Michelle. »Möchtest du uns erzählen, was dich zum Weinen gebracht hat?«

»Meine … Eltern …«, begann Michelle stockend. »Sie werden sich scheiden lassen!«

»Was?!?«, rief Kristin entsetzt.

Michelle wischte sich mit dem Handrücken über die Augen. »Ich hab es dir nicht erzählt, weil es so schrecklich ist. Sie streiten sich schon fast ein Jahr lang. In letzter Zeit wurde es immer schlimmer. Ich dachte, das geht schon vorbei, und sie werden sich wieder versöhnen, aber …«

»Das tut mir leid«, sagte Vicky leise.

Allein wenn sie sich vorstellte, dass ihre Eltern sich scheiden lassen würden, hatte sie das Gefühl, den Boden unter den Füßen zu verlieren.

»Hättest du es mir doch bloß erzählt!« Kristin war

ehrlich bestürzt. »Jetzt verstehe ich, warum du so oft die Schule geschwänzt hast.«

Michelle schnäuzte sich. »Ich bin kreuz und quer durch die Stadt gelaufen. Nur beim Laufen hat es ein bisschen weniger weh getan.«

»Du Arme!«, rief Kristin. Sie war kurz davor, Michelle tröstend über den Arm zu streichen, traute sich dann aber doch nicht.

Vicky sah von der einen zur anderen. Sie verstand nicht, was hier gerade passierte. Kristin und Michelle schienen sich auf einmal gar nicht mehr zu hassen. »Aber warum habt ihr euch dann eigentlich gestritten?«, hakte sie nach.

Michelle hob langsam den Kopf. »Eigentlich ging es um gar nichts! Um total unwichtige Kleinigkeiten. Wahrscheinlich hab ich angefangen. Ich hab Kristin so beneidet um ihre heile Familie. Bei ihr war alles immer so ruhig und ...«

»... spießig«, ergänzte Kristin. »So hast du es doch genannt.«

Michelle gab es offen zu. »Ja, aber das hab ich nur gesagt, weil ich so eifersüchtig war. Du hast die perfekte Familie, und bei mir ist alles kaputt!«

»Von wegen perfekt!«, protestierte Kristin. »Meine Eltern sind ganz schön streng. Bei uns gibt es tausend Regeln, und immer muss ich pünktlich zu Hause sein.

Weißt du, worum ich dich beneidet habe? Um deine Freiheit! Du durftest immer tun und lassen, was du wolltest.«

Michelle konnte es nicht glauben. »Du warst auch auf mich eifersüchtig?«

»Klar, und wie!«

Sprachlos starrten sich die beiden Mädchen an. Der große Berg aus Hass, den sie bisher füreinander empfunden hatten, stob plötzlich wie ein Häufchen Asche auseinander, so als ob der Wind einmal hineingepustet hätte.

»Und wie geht es jetzt weiter?«, fragte Vicky vorsichtig. »Wollt ihr euch etwa auch in Zukunft immer wieder streiten?«

»Nein!«, riefen Kristin und Michelle gleichzeitig.

Da räusperte sich Dominik Helms, der sich bisher absichtlich zurückgehalten hatte. »Ihr habt euch also versöhnt?«

»Ja«, riefen die Mädchen wieder gleichzeitig. Dann sprangen sie auf und fielen sich um den Hals. Jetzt schluchzten beide!

Dominik Helms wartete, bis sie sich wieder beruhigt hatten. »Ich finde es sehr schön, dass ihr euch ausgesprochen habt. Michelle, du kannst natürlich jederzeit mit Celina Pinto reden, wenn du das Bedürfnis danach hast. Dafür ist sie als Vertrauenslehrerin da.«

»Ich weiß.« Michelle trocknete die letzten Tränen. »Aber erst mal rede ich mit Kristin.« Ein neuer Stolz schwang in ihrer Stimme mit.

»Ich freu mich drauf«, sagte Kristin leise.

»Danke, Vicky, du hast das großartig gemacht!« Der Styleberater stand auf. »Wollen wir jetzt wieder zurück zu den anderen gehen?«

Sie brachen auf. Auf dem Rückweg zur Terrasse telefonierte Dominik Helms kurz per Handy mit Sami Swan. Es war ein geheimnisvolles Gespräch, aus dem Vicky nicht recht schlau wurde.

Von der Klasse wurden sie schon gespannt erwartet. Dominik Helms berichtete in Kurzform von dem Gespräch und lobte Vickys großen Beitrag zur Versöhnung von Kristin und Michelle.

Auf einmal machte er ein richtig feierliches Gesicht. »Ich habe gerade mit eurem Klassenlehrer gesprochen und mir sein Einverständnis geholt. Also, ich finde, es ist an der Zeit, die Klassensprecherin der Newcomer zu wählen. Viktoria hat in einer schwierigen Situation freiwillig Verantwortung übernommen. Das war sehr mutig von ihr, und deshalb möchte ich sie euch als Kandidatin für die Wahl präsentieren.«

»Jaaaa!«, jubelte Luna.

Alle klatschten – bis auf Coco.

Vicky begriff erst Sekunden später, was Dominik

Helms gerade gesagt hatte. Sie sollte Klassensprecherin werden? Hatte sie sich verhört?

Sie hatte sich nicht verhört.

Der Styleberater verteilte Stimmzettel und organisierte rasch eine Box für eine hochoffizielle, anonyme Klassensprecherwahl. »Ihr müsst übrigens nicht Vicky wählen. Ihr könnt auch jede andere Mitschülerin zur Klassensprecherin wählen, die ihr für geeignet haltet«, erklärte Dominik Helms.

Alle Newcomer mussten ihre Stimme abgeben, auch Vicky. Es war ihr zu peinlich, sich selbst aufzuschreiben, also kritzelte sie schnell »Maxi« auf ihren Zettel, faltete ihn zusammen und warf ihn in die Box.

Azuka und Josephine übernahmen unter Aufsicht des Lehrers die Stimmauszählung. Neun Mädchen hatten für Vicky gestimmt, zwei für Coco, und eine Stimme fiel auf Maxi.

Klar, dachte Vicky. Coco war es bestimmt nicht zu peinlich gewesen, sich selbst zu wählen.

»Herzlichen Glückwunsch!« Luna umarmte Vicky, und Maxi klopfte ihr anerkennend auf die Schulter: »Du wirst das super machen!«

Auch die anderen Mädchen gratulierten Vicky zum Sieg. Sogar Coco rang sich ein Lächeln ab.

Vicky war immer noch total überrumpelt. Klassensprecherin der Newcomer, was für eine tolle Auszeichnung! Hatte sie die wirklich verdient? Was würden Sara und ihre Eltern dazu sagen? Sie musste später gleich zu Hause anrufen!

Die aufregenden Ereignisse hatten den Zeitrahmen der Styleberatungs-Stunde längst gesprengt. Dominik Helms kündigte an, dass sie die Übung mit dem Vorstellungsgespräch beim nächsten Mal fortsetzen würden. Er verabschiedete sich, und die Newcomer blieben alleine auf der Terrasse zurück.

Lissi warf einen Blick in die Runde. »Ich finde, wir haben was zu feiern! Eine spektakuläre Versöhnung, die Klassensprecherwahl und unsere erste Woche an der Star-Schule. Was haltet ihr von einer Mitternachtsparty am Strand?«

»Meine Schwester hat mir erzählt, dass solche Partys an der Star-Schule verboten sind«, gab Maxi zu bedenken. Dann fing sie an zu grinsen. »Aber wir sind Newcomer, wir kennen die Regeln noch nicht, und von dem Verbot haben wir noch nie gehört, oder?«

»Neeein!«, riefen alle.

10. Kapitel

Vicky und Luna leerten ihre extra großen Handtaschen und breiteten ihre Schätze auf Vickys Bett aus.

Luna rieb sich erwartungsvoll die Hände. »Was haben wir denn da alles? Also: zwei Äpfel, ein halbes Baguette, drei Minisalami, Nudelsalat mitsamt der Porzellanschale – hey, Vicky, ich bin entsetzt, du bist ja ein Dieb!«

»Die Schale hab ich mir nur ausgeliehen«, sagte Vicky ohne die Spur eines schlechten Gewissens. »Morgen früh schmuggele ich sie wieder in die Küche. Zufällig bin ich mit Tischabräumen dran.«

Luna drohte ihr scherzhaft mit dem Zeigefinger. »Soso, ausleihen nennst du das, sehr interessant! Aber ich will mal ein Auge zudrücken. Schließlich hab ich mich auch großzügig bedient: Die gefüllten Datteln und die Schokoplätzchen gehen auf mein Konto. Hier sind auch noch Weintrauben und Orangensaft.«

»Nicht schlecht, die Ausbeute«, fasste Vicky zusammen. Dann musste sie plötzlich lachen. »Das Gesicht von Celina Pinto beim Abendessen werde ich nie vergessen: Wie sie an unseren Tisch gekommen ist und besorgt gefragt hat, ob wir gar keinen Hunger hätten …«

»… weil wir alle vor leeren Tellern saßen.« Luna schob sich vergnügt eine Weintraube in den Mund. »Ich wette, sie hatte Angst, dass wir magersüchtig werden könnten.«

»Meinst du, sie hat wirklich nicht gemerkt, dass wir alle wie die Raben Essen geklaut und unter dem Tisch haben verschwinden lassen?«

Luna schüttelte den Kopf. »Ich glaub nicht. Und wenn doch, hat sie offenbar beschlossen, es zu übersehen.«

Vicky holte ihre Brotdose aus dem Schrank und füllte sie mit den Leckereien. Dabei lief ihr das Wasser im Mund zusammen. »Wie lange ist es noch bis Mitternacht?«

»Vier Stunden und zwölf Minuten«, sagte Luna nach einem Blick auf ihre Armbanduhr.

Vicky unterdrückte ein Gähnen. »Noch so lange! Ich bin jetzt schon müde.«

»Kein Problem«, versicherte Luna. »Du kannst schlafen, und ich weck dich dann rechtzeitig. Ich wollte heute sowieso meinen neuen Krimi zu Ende lesen. Ich hab noch neunzig Seiten, bis ich endlich weiß, wer der Mörder ist.«

Vicky las den Titel des Taschenbuchs, das auf Lunas Nachttisch lag: *Mord um Mitternacht.* »O nein, wie gruselig! Bitte erzähl mir keine Details, sonst komme ich nicht zu unserer Mitternachtsparty.«

»Untersteh dich!«, protestierte Luna. »Die Newcomer ohne ihre Klassensprecherin, das geht gar nicht.«

Vicky wurde schwindelig. Klassensprecherin! An das neue Wort musste sie sich erst noch gewöhnen. Sara und ihre Eltern waren total aus dem Häuschen gewesen, als sie es ihnen erzählt hatte. Beim Telefonieren hatte sie ihre Familie und ihre Freundin plötzlich schrecklich vermisst. Sie fehlten ihr so!

Aber Vicky wollte nicht in Heimweh versinken. Um sich abzulenken, ging sie ins Bad und putzte sich die Zähne. Danach nahm sie sich Lunas Tablet mit ins Bett und sah sich mit Kopfhörern immer wieder das Video von *Happy* an. Darin tauchten neben dem Sänger verschiedene Leute auf, die tiefenentspannt auf der Straße tanzten, an der Tankstelle oder bei der Arbeit.

Vicky hatte eine neue Idee: Sie könnte doch bei ihrem Auftritt hintereinander in die Rollen dieser Leute schlüpfen! Damit würde sie gleich zwei Fliegen mit einer Klappe schlagen. Erstens: Sie umging das Männerproblem, denn unter den glücklichen Menschen waren auch einige Frauen. Zweitens: Sie konnte beim Singen unauffällig ihr Schauspieltalent zeigen. Das war nämlich deutlich stärker ausgeprägt als ihr Tanztalent!

Vicky war so begeistert von ihrem Einfall, dass sie ihn sofort Luna erzählen wollte. Doch als sie die Kopfhörer rausnahm, sah sie, dass ihre Zimmernachbarin über ihrem Krimi eingeschlafen war. Von wegen, Luna würde sie rechtzeitig wecken!

Auf Zehenspitzen schlich Vicky zu Luna rüber, nahm ihr vorsichtig das Buch aus den Händen und knipste die Nachttischlampe aus. Danach schlüpfte sie wieder in ihr Bett und prägte sich die Besonderheiten der Personen im Video ein. Mit den Händen machte sie die Leute nach und bewegte dazu stumm die Lippen. Als zusätzliche Übung lud sie sich eine passende Schauspiel-Trainings-Einheit aus dem Unterrichtsmaterial von Celina Pinto aufs Tablet.

Als Vicky das nächste Mal die Uhrzeit auf ihrem Smartphone kontrollierte, war es schon halb elf. Sie stellte den Handywecker auf zehn vor zwölf, knipste ihre Nachttischlampe aus und fiel sofort in einen tiefen, traumlosen Schlaf.

Um Mitternacht pilgerte eine kleine Karawane hinunter zum Strand. Es war eine klare Nacht, und Tausende

Sterne funkelten am Himmel. Vicky zog den Reißverschluss ihrer Jacke bis oben zu. Die Sandalen hatte sie ausgezogen und trug sie in der linken Hand. Sie wollte den Sand unter ihren nackten Füßen spüren. Obwohl sich die Luft deutlich abgekühlt hatte, war der Sand immer noch erstaunlich warm.

»Hat euch jemand auf dem Weg hierher gesehen?« Jil drehte sich besorgt um.

»Ja.« Maxi senkte ihre Stimme zu einem unheilverkündenden Raunen. »Als ich am Pool vorbeikam, ist plötzlich die Rektorin am Beckenrand aufgetaucht. Sie wollte wissen, was ich mitten in der Nacht hier draußen zu suchen habe.«

»Und … was hast du geantwortet?«, wollte Jil wissen.

Maxi grinste. »Die Wahrheit natürlich: Dass ich mit den Newcomern eine große Strandparty feiere.«

»Bist du verrückt?« Jil starrte Maxi entsetzt an, bis sie merkte, dass sie als Einzige auf Maxis Story reingefallen war. »Du bist unmöglich!«

»Psst!« Maxi legte den Zeigefinger auf die Lippen. »Nicht so laut!«

Kichernd setzte sich die Karawane wieder in Bewegung.

»Hier ist ein guter Platz«, rief Josephine und zeigte auf eine große Düne unterhalb des Gartens.

Die Düne bot tatsächlich Schutz vor dem frischen Wind. Außerdem standen dort mehrere Strandkörbe. Mit vereinten Kräften rückten die Mädchen sechs Körbe zu einem Halbkreis zusammen.

Maxi winkte Vicky zu. »Komm, wir teilen uns einen Strandkorb!«

»Ja, gern.«

Vicky und Maxi setzten sich hinein, legten die Beine hoch und hörten dem Meer zu. Es war nicht stockdunkel am Strand. Weit draußen, wo man den Horizont mehr erahnen als erkennen konnte, lag ein Frachtschiff. Seine gelben Lichter blinkten in einem gleichmäßigen, beruhigenden Rhythmus vor sich hin. Die Gartenlaternen hinter ihnen verbreiteten einen zusätzlichen schwachen Lichtschein.

»Hat hier jemand Hunger?«, fragte Coco in die Runde.

»Ich!« – »Ich!« – »Ich!«, kam es von allen Seiten.

Die Seeluft machte hungrig. Kichernd packten sie die Lebensmittel aus und arrangierten sie auf einer Wolldecke. Sie hatten wirklich ordentlich gehamstert. Das üppige Picknick konnte sich sehen lassen.

Vicky hatte einen Bärenhunger. Sie aß gefüllte Datteln, Nudelsalat, Plätzchen, Schokolade und Salami – salzig und süß bunt durcheinander. Noch nie hatte ihr ein Picknick so unglaublich gut geschmeckt.

»Lasst uns anstoßen!«, schlug Lissi vor.

Sie füllten ihre Zahnputzgläser mit einer leckeren Mischung aus Cola und Orangensaft und prosteten sich zu.

»Auf unsere Zukunft als Stars!«, sagte Kristin.

»Auf eine *bessere* Zukunft!«, fügte Michelle hinzu. Ihre Stimme klang traurig, aber sie wirkte erstaunlich gefasst.

Die beiden Mädchen erhoben ihre Gläser in Vickys Richtung. Dann steckten sie die Köpfe zusammen und tuschelten.

Vicky freute sich für sie. Es sah ganz danach aus, als ob aus den ehemaligen Feindinnen wieder Freundinnen werden würden.

»Das erinnert mich an Südafrika«, schwärmte Azuka. »An den Feiertagen grillen wir immer mit der Familie und mit Freunden am Strand. Da ist eine super Stimmung, wir singen und tanzen zusammen.«

»Das können wir auch!« Kristin zog eine Mundharmonika aus ihrer Jackentasche und stimmte *I'm sailing* von Rod Stewart an.

»Iiieh, ist das kitschig!«, beschwerte sich Fleur.

Katharina lachte. »Na und? Ist doch total egal.«

Bald sangen alle begeistert im Chor, und Fleur machte schließlich auch mit:

We are sailing, we are sailing
Home again 'cross the sea
We are sailing stormy waters
To be near you, to be free

Vicky berührte das weiße Armband an ihrem Handgelenk. Es schimmerte in der Nacht, wie bei den anderen Mädchen. Zwölf helle Armbänder, die wie eine Kette miteinander verbunden waren, bewegten sich gemeinsam im Takt.

Vicky sang weiter. Zum ersten Mal spürte sie, dass die Newcomer zusammengehörten, so unterschiedlich sie auch waren. Jedes Mädchen brachte seine Geschichte mit, jede hatte ihre eigene Vergangenheit, ihre Stärken und Schwächen. Irgendeine Fügung des Schicksals oder was auch immer es sein mochte, hatte sie zusammengeführt. Und jetzt waren sie hier am Strand, aßen und tranken, machten Musik und teilten diesen Augenblick.

Vicky sah zu Coco hinüber. Ihre Mitschülerin hatte sich mit dem Kopf an Jils Schulter gelehnt und sang mit geschlossenen Augen. Sie lächelte, und Vicky musste unwillkürlich auch lächeln. Es war seltsam. In dem Moment fand sie selbst Coco sympathisch – aber daran war nur dieser Rod Stewart schuld! Verrückt, was so ein kitschiger Song – übrigens eines der Lieblingslieder ihres Vater – mit einem anstellen konnte!

Kristin ließ auf ihrer Mundharmonika den Song ausklingen. Die letzten Töne trug das Meer mit sich fort.

Maxi war auf einmal ungewöhnlich ernst. »Ist es nicht seltsam? Das Meer wird es immer noch geben, wenn wir längst nicht mehr da sind.«

»Ja, das stimmt.« Vicky wurde auch nachdenklich. »Aber vielleicht sitzen dann wieder Mädchen aus der Star-Schule hier und erinnern sich an uns. Denn natürlich werden wir so berühmt sein, dass unsere Fotos in der Eingangshalle vom Haupthaus hängen!«

Sami Swan saß mit übereinandergeschlagenen Beinen auf dem Lehrerpult. »Heute starten wir also unsere zweite Vortragsrunde. Wer möchte anfangen?«

Vicky drehte den Kopf zum Fenster und betrachtete intensiv die Schafe auf der Wiese. Sie wollte auf keinen Fall anfangen! Das Wochenende war viel zu kurz gewesen.

»Katharina, du vielleicht?«, sagte Sami Swan.

»Okay …« Katharina nickte tapfer.

»Sehr schön«, sagte der Lehrer. »Auf den Song *Free-*

dom freue ich mich übrigens ganz besonders. Nicki Minaj ist eine tolle Hip-Hop-Sängerin und eine beeindruckende Persönlichkeit. Sie hat sich in einer Branche durchgesetzt, die nach wie vor von Männern dominiert wird. Heute hören wir *Freedom* in der Interpretation der unvergleichlichen, sensationellen Katharina!«

Vicky drückte Katharina ganz fest die Daumen, als sie nach vorne ging, aber ihre Mitschülerin nahm sie gar nicht wahr. Sie war viel zu nervös.

Azuka startete die Karaoke-Version des Songs. Mit gesenktem Kopf stand Katharina da und nuschelte die ersten Textzeilen vor sich hin.

»Entschuldige bitte!«, wurde sie vom Lehrer unterbrochen. »Könntest du bitte noch mal anfangen und lauter singen? Deine Mitschülerinnen in der letzten Reihe wollen dich auch hören. Vielen Dank!«

Er hatte es freundlich gesagt, aber Katharina wurde dadurch nur noch nervöser. Beim zweiten Mal verhaspelte sie sich dauernd und kam über die erste Strophe des komplizierten Sprechgesangs nicht hinaus.

Sami Swan gab ihr mit ermutigenden Zeichen zu verstehen, dass sie trotzdem weitersingen sollte. Der Refrain war nicht mehr so textlastig. Katharina konnte ihn auswendig, aber sie traf höchstens jeden zweiten Ton. Es hörte sich echt schräg an.

I feel free, I feel freedom, why they mad?
You should see them, burning up
Cause it's crazy in here crazy in here crazy in here

Bei der zweiten Strophe nuschelte Katharina wieder extrem und hörte irgendwann ganz auf. »Ich kann das nicht!«, stöhnte sie verzweifelt. »Tut mir leid, ich hab's versucht, aber es ist so schwer …«

Vicky konnte nicht mit ansehen, wie Katharina hilflos vor der Klasse stand. Demonstrativ klatschte sie. Zögernd fielen auch die anderen in den Beifall mit ein.

Plötzlich stand Coco auf, sagte ein paar tröstende Worte zu Katharina und begleitete sie zurück zu ihrem Platz.

»Was ist denn mit der passiert?«, flüsterte Luna. »Die kann ja richtig nett sein!«

Vicky war mindestens genauso verblüfft. Hatte sie Coco unterschätzt? Oder war sie nur deshalb so freundlich zu Katharina, weil sie genau wusste, dass sie ihr als Konkurrentin garantiert nicht gefährlich werden würde? Vicky vermutete eher Letzteres.

Wie üblich gab Sami Swan auch diesmal keinen Kommentar ab. Er bat Katharina nur ganz ruhig, dass sie den Song noch mal vortragen sollte.

Vicky wurde wieder leicht panisch. Sie wollte immer noch nicht drankommen! Ihre Kehle war völlig ausgetrocknet. Sie würde krächzen und keinen einzigen vernünftigen Ton herausbringen, obwohl sie jeden Tag das Aufwärmtraining für die Stimme gemacht hatte.

Vicky hatte Glück. Sami Swan forderte Coco auf, nach vorne zu kommen.

Coco hatte diesmal ihr schwarzes Flatterkleid im Schrank gelassen. Stattdessen hatte sie eine Trommel mitgebracht. »Ich weiß, dass wir eigentlich keine Instrumente verwenden dürfen.« Sie lächelte Sami Swan entschuldigend an. »Aber könnten Sie vielleicht eine Ausnahme machen? Die Trommel passt so gut zu meinem Song. Sie ist – wie soll ich es sagen – Teil eines Lebensgefühls.«

Der Lehrer ließ sich von Cocos Charme erweichen. »Okay, ist in Ordnung«, sagte er.

Coco bedankte sich überschwänglich. Dann legte sie los. Sie begleitete ihren Song mit wilden Trommelschlägen. So stellte sie sich wohl brasilianisches »Lebensgefühl« vor. Vicky fand es einfach nur peinlich. Je mehr Coco sich anstrengte, umso weniger sprang der Funke über. Sie war nicht sie selbst, die Rolle der lateinamerikanischen Clubtänzerin passte einfach nicht zu ihr.

Plötzlich musste Vicky an Julia Böhme denken. Was hatte die Rektorin in ihrer Rede für die Newcomer gesagt?

»Es ist eine Berufung, die euch, wenn es gutgeht, immer näher zu euch selbst hinführen wird, zum Kern dessen, was euch ausmacht …«

Vicky begriff: Ihre Idee, die Personen im Video nachzumachen, war kompletter Blödsinn gewesen! Sie war nicht Pharrell Williams. Sie war nicht die hart arbeitende Frau in der Wäscherei. Und sie war auch nicht das American Girl mit den blau gefärbten Haaren.

Sie war Vicky!

»Brauchst du eine Extraeinladung?«, fragte Sami Swan amüsiert.

Vicky schreckte hoch. »Ich … äh … n… nein!«

Luna gab ihr einen kleinen Schubs mit dem Ellenbogen. »Du bist dran«, raunte sie.

Es war so weit.

Vicky stand auf und ging nach vorne. Bei den ersten Schritten war sie noch total nervös, aber auf einmal wurde sie ruhig. Sie tat etwas, das sie noch nie getan hatte, etwas extrem Leichtsinniges. Sie warf ihr Konzept über Bord. All das, was sie in stundenlanger Arbeit vorbereitet hatte, wanderte in den Müllcontainer ihres Gehirns. Sondermüll, nicht mehr verwertbar.

Mit völlig leerem Kopf trat sie vor ihre Zuhörerinnen, nickte Luna zu und wartete auf das Intro von *Happy*.

Sie spürte den leichten, unbeschwerten Rhythmus

in ihren Füßen. Sie wollte ihn noch mehr spüren, also zog sie die Schuhe aus und warf sie schwungvoll in den Papierkorb. Dann sang sie.

Vicky war jung, sie war bei den Newcomern, sie war Klassensprecherin! Die ganze Welt gehörte ihr! Sie lief durch die Reihen. Übermütig tippte sie jeder Mitschülerin auf die Schulter und zwinkerte ihr zu.

Wisst ihr noch, unsere Mitternachtsparty? Die war genial! Die Party bleibt aber unser Geheimnis, ja?

Über die Schulter hinweg zeigte sie grinsend auf Sami Swan. Der Lehrer ahnte tatsächlich nichts!

Vicky lief zum Lehrerpult, schnappte sich die Tasche von Sami Swan und funktionierte sie zur Gitarre um. Sie ging auf die Knie und legte ein Luftgitarrensolo hin, inklusive Robben auf den Knien und Headbanging. Als sie den Kopf im Takt vor und zurückwarf, flogen ihre schulterlangen Haare und die silberne Kette ihrer Mutter durch die Luft.

Ja, sie war glücklich! Sie liebte die Musik und ihre Gitarre, und es war ihr egal, was morgen kam. Ob sie bei Mischa Weinfeld im Tanzen versagte oder nicht. Sie lebte heute. Hier. Ab jetzt zählte nur dieser Augenblick!

Because I'm happy
Clap along if you feel like happiness is the truth …

Plötzlich sah sie die strahlenden Gesichter um sich herum. Alle klatschten mit, ohne dass Vicky sie dazu aufgefordert hätte. Sie hatte ihre Mitschülerinnen angesteckt.

Und dann war der Song auch schon zu Ende. Vicky verbeugte sich. Die Klasse sprang auf und trampelte mit den Füßen.

»Danke, danke!« Vicky winkte ihren Mitschülerinnen zu. Dann lief sie außer Atem zurück zu ihrem Platz.

Luna rief immer wieder: »Das war so toll, das war so toll …«

Als sich die Klasse wieder beruhigt hatte, breitete sich auf dem Gesicht des Lehrers ein Lächeln aus. »Danke, Vicky! Das war großartig. Du hast verstanden, worum es bei der Aufgabe geht: Als Star darfst du dich nicht verbiegen und mit anderen vergleichen. Du musst dich auf dich selbst konzentrieren und deine eigene, unverwechselbare Persönlichkeit einbringen.«

Vicky merkte, wie ihr die Röte bis in die Haarwurzeln stieg. Bei dem Lob konnte man nicht cool bleiben. Das war völlig unmöglich.

»Ich hab dich gespürt, du warst ganz du selbst, Vicky«, redete Sami Swan weiter. »Es hat wirklich Spaß gemacht, dir zuzusehen.« Er brachte ihr den Papierkorb. »Aber vergiss deine Schuhe nicht. Die brauchst du wahrscheinlich noch.«

Vicky fischte schnell ihre heißgeliebten, aber schon ziemlich ausgelatschten Sneakers aus dem Korb und zog sie an. Es tat gut, für eine Weile unter dem Pult abzutauchen und nicht im Mittelpunkt zu stehen.

Der Lehrer wandte sich an die Klasse. »Diese Aufgabe sollte euch einen ersten Vorgeschmack darauf geben, wie einsam man als Star in schwierigen Situationen oft ist. Natürlich hast du später deinen Agenten, du hast vielleicht sogar einen Stab von Beratern, wenn du sehr erfolgreich bist, und kannst dich zum Psychologen auf die Couch legen. Aber alle diese Leute werden dir letztlich nicht helfen können. Die wirklich wichtigen künstlerischen Entscheidungen musst du alleine treffen. Das macht Angst. Und mit dieser Angst musst du zurechtkommen.«

Nach dieser langen Ausführung schwieg Sami Swan. Die vorher noch so ausgelassene Stimmung kippte. Im Klassenzimmer wurde es still.

Vicky ahnte, dass Sami Swan recht hatte. Sie hatte sich keinen leichten Weg ausgesucht. Es war vielleicht sogar einer der härtesten, den man wählen konnte. Und sie hatte es freiwillig getan.

Auf einmal spürte Vicky, dass aus der mittleren Reihe jemand zu ihr rübersah. Als sie den Kopf hob, trafen ihre Augen die von Coco. Ihr Blick kam direkt aus der Tiefkühltruhe. Vicky ertrug ihn nur ein paar Sekunden, dann musste sie wegsehen.

11. Kapitel

Vicky legte sich auf den Rücken. Vögel zwitscherten an einem unsichtbaren, leise plätschernden Bach, Grillen zirpten. Es duftete nach Zitrone. Der Saunaofen zischte und verbreitete wohltuende Wärme, während draußen dicke Regentropfen gegen das Fenster klatschten. Vicky war alleine in der Sauna. Ihre Gedanken machten sich selbständig und gingen auf die Reise.

Ihr Auftritt bei Sami Swan war schon wieder drei Tage her. Seitdem schwebte sie wie auf Wolken durchs Internat. Nicht mal die Mathearbeit und auch nicht Mischa Weinfeld hatten ihr heute die gute Laune verderben können.

Das Tanztraining war megaanstrengend gewesen, aber sie hatte es ohne größere Zwischenfälle und abschließendes Krisengespräch überstanden. Der Trick war: Sie hatte sich jede Sekunde unglaublich konzentriert und war bei den Choreographien nur zweimal kurz ausgestiegen. Natürlich hatte sie kein Lob dafür bekommen.

Mischa Weinfeld hatte nur einmal eine Bemerkung fallengelassen: »Der Sonderpreis im Elefantentanz geht heute an Vicky. Herzlichen Glückwunsch!«

Den blöden Kommentar hatte sie sofort durch ein positives Mantra ersetzt: »Der Sonderpreis in Engelsgeduld mit inkompetenten Lehrern geht heute an Vicky. Herzlichen Glückwunsch!«

Der Sand in der Saunauhr war durchgelaufen. Vicky richtete sich auf. Schweißtropfen rannen ihr den Rücken hinunter. Sie musste raus hier!

Vicky verließ die Sauna, duschte eiskalt und rieb sich mit Eiswürfeln ab. Danach fühlte sie sich wie neugeboren, schlüpfte in den flauschigen Bademantel und legte sich in einen Liegestuhl im Ruheraum.

Der quadratische, gemütliche Raum war in ihrer Lieblingsfarbe gestrichen: orange. Heute kam ihr die Star-Schule tatsächlich wie ein Luxus-Hotel vor. Die Newcomer hatten sich ihren ersten freien Nachmittag aber auch wirklich verdient. In den Tagen davor hatten sie kaum eine Stunde Pause gehabt.

Vicky freute sich auf das anschließende Treffen mit Lissi, Katharina und Josephine. Beim Frühstück hatten sie zufällig festgestellt, dass sie alle gerne Tischtennis spielten, und sich spontan zu einem Match im Hobbyraum verabredet. Aber bis dahin konnte sie noch ein bisschen dösen.

Kurz darauf kam Lissi rein. »Oh, ich wusste nicht, dass du hier drin bist! Ich wollte nicht stören.«

»Du störst doch nicht.« Vicky deutete auf den Liegestuhl neben sich. »Komm, setz dich, dann können wir besser quatschen.«

Lissi blieb unschlüssig im Türrahmen stehen. »Ich … äh … wollte eigentlich nur nachsehen, ob ich mein Handtuch vergessen habe.«

Vicky sah sich um. »Hier anscheinend nicht.«

»Hmm … schade«, murmelte Lissi. »Also dann …«

Vicky lächelte. »Wir sehen uns ja gleich beim Tischtennisspielen.«

Lissi verschwand, ohne sich richtig zu verabschieden. Vicky runzelte die Stirn. Was war denn mit der los? Ärgerte sie sich so sehr, bloß weil sie ihr Handtuch verloren hatte? Es sah ganz danach aus. Dabei gab es so viel wichtigere Dinge im Leben: sich über das Leben freuen zum Beispiel!

Vicky hatte keine Lust mehr, auf der faulen Haut zu liegen. Sie zog sich um und trank noch genüsslich einen Kräutertee, der im Vorraum der Sauna in einer Thermoskanne bereitstand. Dann lief sie, mit der Badetasche als Regenschirmersatz auf dem Kopf, schnell durch den strömenden Regen hinüber zum Haupthaus. Die kalte, feuchte Luft war herrlich erfrischend. Gut gelaunt ging Vicky in den Keller.

»Hallo, seid ihr schon da?« Vicky öffnete schwungvoll die Tür zum Hobbyraum.

Kein Licht, gähnende Leere.

Komisch! War sie etwa zu früh dran? Vicky warf einen Blick auf die Wanduhr. Nein, sie war sogar ein bisschen zu spät. Wo blieben denn die anderen? Sie wartete ein paar Minuten, aber als dann immer noch niemand auftauchte, ging sie wieder hoch.

In der Eingangshalle traf sie Maxi. Ihre Mitschülerin trug Jogginghose, Laufschuhe und Regenanorak.

»Du willst doch nicht etwa bei dem Wetter laufen gehen?«, fragte Vicky.

Maxi nickte fest entschlossen. »Doch, warum denn nicht? Es gibt kein schlechtes Wetter, nur schlechte Kleidung.«

Vicky bewunderte Maxi für ihren sportlichen Ehrgeiz. Trotzdem hätten sie jetzt keine zehn Pferde dazu gebracht, bei Wind und Regen zu joggen.

»Hast du Lissi, Katharina und Josephine gesehen?«

Maxi stülpte sich ihre Kapuze über den Kopf. »Ja, die sind gerade ins Dorf gegangen. Sie wollten die neue Teestube ausprobieren.«

»Mensch! Warum haben die mir denn nichts gesagt?«, wunderte sich Vicky.

»Keine Ahnung. Tschüss, bis später!« Maxi joggte los.

Sollte sie auch ins Dorf gehen? Aber der Bus, den Lissi, Katharina und Josephine genommen hatten, war weg, und es gab heute keinen anderen mehr. Die Aussicht auf einen halbstündigen Fußmarsch durch den Regen erschien Vicky wenig verlockend.

Nachdenklich ging sie hinauf in ihr Zimmer. Hatte sie irgendwas falsch verstanden? Hatten sie sich doch zu einer anderen Zeit oder an einem anderen Ort verabredet? Eigentlich konnte sie sich das kaum vorstellen. Um vier Uhr im Tischtennisraum, das hatte sie noch ganz deutlich im Ohr.

Auch das Doppelzimmer fand Vicky leer vor. Luna war nicht da. Vicky fiel ein, dass sie von einer extra Tanzstunde bei Mischa Weinfeld erzählt hatte. Sie musste nämlich einen Streetdance vorbereiten, den sie nächste Woche bei einem Intensiv-Workshop präsentieren sollte. Vicky hatte Luna beim Einstudieren geholfen und die Musik ausgewählt.

Enttäuscht ließ sich Vicky aufs Bett fallen. Was sollte sie jetzt mit dem angebrochenen freien Nachmittag machen? Ihre Hausaufgaben für Englisch und Geschichte hatte sie schon erledigt. Zum Lesen hatte sie keine Lust, und alleine in den Fernsehraum gehen wollte sie auch nicht. Vicky holte ihre Gitarre raus und klimperte ein wenig vor sich hin. Vielleicht konnte sie ja aus der Improvisation im Gewächshaus einen Song machen. Eine Weile probierte sie verschiedene Harmonien und Textzeilen aus, aber die Moll-Akkorde waren ihr heute zu düster. Vicky packte die Gitarre wieder weg und beschloss, bei Kristin und Michelle vorbeizuschauen. Die beiden wohnten seit neuestem in einem Zimmer, nachdem sie Celina Pinto gefragt und mit Azuka und Fleur getauscht hatten.

Kristin blätterte gerade in einer Mädchenzeitschrift, Michelle saß am Tisch und feilte sich die Fingernägel.

»Hi«, sagte Vicky. »Ist euch auch so langweilig? Wollen wir zusammen *Die Siedler von Catan* spielen?«

Kristin und Michelle wechselten einen kurzen Blick. Dann meinte Kristin lahm: »Ich glaub nicht.«

»Oder was anderes?«, schlug Vicky vor. »In der Spielesammlung im Wintergarten ist alles Mögliche drin.«

Michelle schüttelte den Kopf. »Nein, heute nicht.«

»Ist irgendwas?«, hakte Vicky nach. »Hab ich eine Warze auf der Nase oder eine Nudel am Kinn?«

Sie hatte erwartet, dass Kristin und Michelle über ihren Scherz lachen würden, aber die beiden sahen sie todernst an. Vicky kam sich vor wie im falschen Film.

»Na dann, einen schönen Nachmittag noch«, wünschte Vicky und zog sich leicht verärgert zurück.

Erst das Missverständnis mit Lissi, Katharina und Josephine und dann auch noch die seltsame Reaktion von Kristin und Michelle. Waren das Zufälle? Oder steckte etwas anderes dahinter? Für einen kurzen Augenblick überlegte Vicky, ob sich die Lehrer wieder eine Theatereinlage ausgedacht hatten, aber dann verwarf sie den Gedanken gleich wieder. Das war doch sehr unwahrscheinlich.

Vicky hatte nicht vor, sich ihre gute Laune verderben zu lassen. Dann würde sie eben die Zeit nutzen und ein Buch über Komposition lesen, das Iris Heller ihnen wärmstens ans Herz gelegt hatte. Mit Sicherheit war das Buch genauso staubtrocken wie der Unterricht der Lehrerin, aber egal!

Mit dem Buch unter dem Arm ging Vicky in den Wintergarten. Durch die Eingangshalle des Haupthauses zog ein verführerischer Duft nach frischem Streuselkuchen. Diesem Duft konnte Vicky nicht widerstehen. Kurz darauf fand sie sich in der Großküche des Internats wieder.

Teresa, die Köchin, schnitt gerade den noch warmen Streuselkuchen auf dem Blech in gleichmäßige Stücke.

»Hmm … riecht das gut!«, schwärmte Vicky.

Teresa lachte. »Du kommst genau im richtigen Augenblick. Hier, das Randstück ist ein bisschen braun geworden. Möchtest du?«

»Klar«, sagte Vicky.

Teresa bugsierte das Randstück auf einen flachen Teller. »Da sind frisch gepflückte Sanddornbeeren drauf. Hat mir Arturo aus dem Garten gebracht. Guten Appetit!«

Der Kuchen schmeckte noch besser, als er aussah: Es war genau die richtige Mischung aus süßen Streuseln und säuerlichen Beeren. Vicky ließ ihn sich auf der Zunge zergehen. Dann half sie der Köchin, den Kuchen auf die bereitstehenden Platten zu schieben. Heute Abend würde es ihn als Nachtisch geben.

Teresa ging mit dem leeren Blech hinüber zur Spüle. Sie verschwand hinter einer Stellwand, die den großen Herd und die zwei Backöfen vom Rest der Küche abtrennte.

Vicky wollte gerade wieder nach oben gehen, als sie plötzlich eilige Schritte hörte und Mädchenlachen.

»Ah, da kommt ja der Küchendienst für heute«, rief Teresa erfreut. »Ihr könnt schon mal den Salat waschen und auf die Beilagenteller verteilen.«

»Machen wir«, sagte Lissi.

Wieder lachte jemand. Es waren Katharina und Josephine. Aus irgendeinem Grund, den sie selber nicht wusste, blieb Vicky hinter der Wand stehen. Es war sonst überhaupt nicht ihre Art zu lauschen, aber genau das tat sie jetzt.

»Hättet ihr das von ihr gedacht?«, fragte Lissi.

»Nein, nie!« Das war unverkennbar Josephines Stimme mit dem leichten amerikanischen Akzent.

Nebenan rauschte reichlich Wasser in die Spüle. »Tja, so kann man sich täuschen«, stellte Katharina traurig fest. »Dabei finde ich sie sonst echt nett. Am ersten Schultag hat sie mich aufgebaut, als ich so viel Kritik von den Lehrern einstecken musste. Und wie sie Kristin und Michelle dazu gebracht hat, sich zu versöhnen – das war echt stark!«

Vickys Herz stand kurz still, um danach doppelt so schnell weiterzuschlagen. Die redeten von ihr! Sie wollte nicht weiter zuhören, aber ihre Beine schienen am Küchenboden festgewachsen zu sein. Sie konnte sie einfach nicht bewegen.

»Trotzdem ist es nicht okay, was sie da gemacht hat«, beharrte Lissi. »Sie hat mit falschen Karten gespielt und den Talentscout angelogen.«

Ein Stapel Teller klapperte verdächtig laut. Josephine entschuldigte sich: »Sorry! – Aber was hat sie denn Tom Friedrich eigentlich genau erzählt?«

»Dass sie sich den Text zu ihrem Sommerlied selbst ausgedacht hat«, sagte Katharina. »Dabei stammt er von einem Komponisten aus den 80er Jahren. Den kennt heute keiner mehr, deshalb hat der Scout auch keinen Verdacht geschöpft.«

»Das ist echt dreist«, empörte sich Lissi. »Sie hat den Text einfach geklaut. Eigentlich dürfte sie gar nicht hier sein. Ihr Stipendium ist die reinste Lüge!«

Josephine schien von den dreien am schlechtesten informiert zu sein. »Und wie ist sie aufgeflogen?«

Katharina setzte zu einer Erklärung an. Der erste Teil ihres Satzes wurde vom gurgelnden Start des Geschirrspülers verschluckt: »... hat Vicky die Geschichte jemandem anvertraut und es selbst zugegeben.«

»Sagt mal, Mädchen!« Teresa schritt in ihrer zugleich liebevollen und energischen Art ein. »Fürs Herumstehen und Quatschen seid ihr aber nicht eingeteilt. Beeilt euch, sonst gibt es heute keinen Salat zum Abendessen!«

»Wir beeilen uns schon!«, versicherte Katharina.

Der Boden unter Vickys Füßen drehte sich. Sie musste sich an der Arbeitsplatte festhalten, um nicht umzukippen. Verzweifelt sah sie sich um. Es gab noch einen Hinterausgang. Der war ihre Rettung! Vicky flüchtete.

In ihrem Zimmer warf sie sich aufs Bett und heulte hemmungslos. Was war bloß passiert? Das musste ein Albtraum sein! Jeden Moment würde sie aufwachen und darüber lachen. Sie musste nur Geduld haben und noch ein bisschen warten. Gleich würde es vorbei sein.

Aber der Albtraum ging nicht vorbei. Das war erst der Anfang gewesen.

Luna und Maxi stürmten herein. Maxi kam direkt vom Lauftraining, mit gerötetem Gesicht und klatschnassen Klamotten.

Auch Luna trug noch ihre Tanzkleidung vom Training. »Wir müssen dir was erzählen!«, fing Luna an. »Wir …«

Maxi zeigte auf Vicky. »Ich glaube, sie weiß es schon.«

Vicky hob den Kopf vom Kissen und starrte auf den dunklen Wasserfleck, der sich um Maxis tropfende Jogginghose herum auf dem Boden bildete. »Was weiß ich? Und was müsst ihr mir erzählen?«

Sie wollte die Hiobsbotschaft hinauszögern, nur noch ein paar Minuten, damit sie immer noch hoffen konnte, dass alles ein Missverständnis war.

Luna und Maxi sahen sich an. Dann rückte Maxi mit der Sprache heraus: »Es kursiert das Gerücht, dass du dir das Stipendium mit einer Lüge erschwindelt hast.«

»Angeblich hast du den Text zu deinem Sommersong gar nicht selbst geschrieben«, fügte Luna hinzu.

»Das ist nicht wahr!«, rief Vicky verzweifelt.

12. Kapitel

Warum sagten Luna und Maxi nichts? Glaubten sie dieses haarsträubende Gerücht etwa? Vicky ertrug es nicht, wie die beiden vor ihr standen und schwiegen. Als ob sie Richter seien und Vicky auf der Anklagebank sitzen würde.

Maxi holte tief Luft. »Wir glauben dir natürlich.«

»Ist doch klar!« Luna setzte sich auf die Bettkante zu Vicky. »Du kannst auf uns zählen. So was Gemeines würdest du nie tun, das weiß ich.«

Vicky schossen vor Erleichterung neue Tränen in die Augen. »Ihr … seid … lieb …«, brachte sie mit erstickter Stimme heraus.

»Im Gegenteil!« Maxi riss sich den Anorak vom Leib und hängte ihn über die Stuhllehne. »Wir sind nicht lieb, wir sind stinkwütend! Jemand hat dieses gemeine Gerücht verbreitet, und ich hab auch schon eine Vermutung, wer das sein könnte: unsere *liebe* Coco!«

Vicky zuckte zusammen. So weit hatte sie noch gar nicht gedacht. »Meint ihr wirklich, dass sie zu so was fähig ist?«

Luna seufzte. »Ich fürchte, Coco ist zu allem fähig. Sie will unbedingt ein Star werden und würde vermutlich alles dafür tun, wahrscheinlich sogar über Leichen gehen.«

Jetzt ging ihre Krimiphantasie mit ihr durch, fand Vicky, aber im Grunde hatte Luna recht. Coco hatte Vicky von Anfang an als gefährliche Konkurrentin eingestuft, und diese Einschätzung hatte sich in letzter Zeit bestätigt.

»Sie erträgt es nicht, wie erfolgreich du bist«, sagte Maxi prompt. »Erst wirst du Klassensprecherin, und dann legst du auch noch diesen Hammerauftritt bei Sami Swan hin. Das hat sie nicht verkraftet. Coco hat sich irgendeine verrückte Intrige aus den Fingern gesogen, nur um dir zu schaden!«

Plötzlich schoss eine Erinnerung durch Vickys Gehirn. »Wartet mal! So verrückt ist die Intrige gar nicht. Und vielleicht war es gar nicht Coco!«

Luna und Maxi starrten Vicky an, als ob sie plötzlich Chinesisch reden würde.

»Was meinst du damit?«

»Wer ist es deiner Meinung nach denn dann?«

Vicky spürte einen schmerzhaften Stich in ihrer Brust. Der Gedanke war furchtbar, aber sie konnte ihn nicht einfach verdrängen. »Neulich hab ich Arturo, dem Gärtner, meinen Sommersong vorgespielt und …«

Sie fasste kurz zusammen, was sie ihm erzählt hatte: von ihrer nachträglichen Entdeckung der zwei kleinen Überschneidungen mit dem Song aus den 80er Jahren. »Er hat mir zwar gesagt, dass er mir glaubt, aber vielleicht sind ihm nach unserem Gespräch doch Zweifel gekommen.«

Luna sog scharf die Luft ein. »Du meinst, *er* hat es weitererzählt?«

Vicky konnte und wollte es sich nicht vorstellen. Das wäre ein großer Vertrauensbruch gewesen. Andererseits war Arturo der Einzige, der von der Sache wusste. Sonst hatte sie es niemandem im Internat erzählt. Alles sprach gegen ihn.

»Nein, nein!« Maxi fuchtelte mit den Händen. »Nicht Arturo! Ich hab ihn auch schon kennengelernt. Der ist total nett!«

»Woher willst du das wissen?«, gab Luna zu bedenken. »Viele Menschen scheinen auf den ersten Blick nett zu sein. Und später stellt sich dann heraus, dass sie ein dunkles Geheimnis haben!«

Maxi schwieg betroffen. »Also gut. Dann gehst du jetzt zu Arturo und fragst ihn einfach, ob er es weitererzählt hat.«

»Nie im Leben!«, rief Vicky erschrocken. Beide Varianten, die sie sich ausmalte, waren gleichermaßen schrecklich: Falls Arturo das Gerücht nicht in Umlauf gebracht hatte, würde er bestimmt total sauer werden, weil sie ihm so was unterstellte. Und falls er es doch getan hatte, würde er womöglich noch mehr ausrasten.

Luna kräuselte nachdenklich die Stirn. »Alleine gehst du da auf gar keinen Fall hin! Wir kommen selbstverständlich mit und unterstützen dich. Maxi, du bist doch dabei, oder?«

»Logisch, aber unter einer Bedingung.« Maxi zeigte auf ihre nasse Jogginghose, die an ihren Beinen klebte. »Vorher möchte ich mich umziehen und duschen.«

»Ich auch. In meinen verschwitzten Trainingsklamotten werde ich bestimmt nicht bei Arturo aufkreuzen.« Luna sah Vicky lächelnd an. »Was meinst du dazu?«

Selten war Vicky eine Entscheidung so leicht gefallen. »Einverstanden!«

Als Vicky, Luna und Maxi ins Freie traten, hatten sich die Regenwolken verzogen. Die Sonne strahlte schon wieder vom Himmel. Das war der Vorteil der Insel: Durch den Wind hielt sich das schlechte Wetter hier nie lange.

Die Mädchen mussten eine Weile im Garten suchen, bis sie Arturo endlich entdeckten. Er kniete zwischen den wild wuchernden Johannisbeersträuchern und jätete im aufgeweichten Boden Unkraut. Auf den Blättern glitzerten die Regentropfen wie kleine Diamanten.

»Hi Arturo!«, sagte Vicky so locker wie möglich.

Der Gärtner richtete sich stöhnend auf. »Aaah, mein Rücken!« Dann grinste er Vicky an. »Hi! Das ist ja nett, dass du vorbeischaust. Ich wollte sowieso gerade eine kleine Pause einlegen. Wie geht's dir denn?«

»Gut«, behauptete Vicky und kam sich dabei vor wie eine scheinheilige Lügnerin.

Arturo nickte Maxi freundlich zu. »Hi! Wir kennen uns ja auch schon. Und du hast noch eine Freundin mitgebracht, Vicky?«

»Ja, das ist Luna«, stellte sie vor.

Damit waren aber fürs Erste genug Höflichkeiten ausgetauscht. »Hast du kurz Zeit?«, fragte Vicky. »Wir würden gerne mit dir reden. Es ist wichtig.«

Arturo streifte sich die mit Schlamm bespritzten Gartenhandschuhe von den Händen. »Wie wär's, ich hole uns einen Eistee, und wir setzen uns an den Strand?«

»Nein, danke«, lehnte Maxi ab.

Arturo stutzte. »Nanu? Was ist denn los? Ist was passiert?«

»Ja, schon …« Vicky fiel es schwer, die richtigen Worte zu finden. »Du erinnerst dich doch noch, als wir neulich im Gewächshaus waren und ich dir von meinem Sommersong erzählt habe, von den Überschneidungen mit dem 80er-Jahre-Song …«

Arturo nickte. »Ja, klar.«

»Also … hast du … seitdem mit irgendjemandem darüber gesprochen?« Vicky wurde leichter ums Herz. Jetzt war es endlich raus.

Arturo sah sie irritiert an. »Nein, natürlich nicht. Das war doch vertraulich. Warum fragst du?«

»Kannst du uns darauf dein Ehrenwort geben?«, fragte Luna zurück.

»Ja«, sagte Arturo ruhig.

Vicky spürte, dass er die Wahrheit sagte. Sie hatte sich nicht in ihm getäuscht. »Entschuldige bitte, dass wir dich zu Unrecht verdächtigt haben. Aber ich hab außer dir sonst niemandem davon erzählt.«

Arturo war nicht sauer. »Aber worum geht es denn eigentlich?«, wollte er wissen.

Maxi brachte ihn auf den neuesten Stand.

Arturo hörte aufmerksam zu. »Das ist ja ein starkes Stück! Vielleicht hat jemand unser Gespräch zufällig mitbekommen. Anders kann ich es mir nicht vorstellen.«

Plötzlich fiel Vicky etwas ein. »Im Gewächshaus hat doch ein Fenster geklappert! Es war gekippt, bevor du es zugemacht hast. Jemand muss durch das offene Fenster gelauscht haben.«

»Coco!«, riefen Luna und Maxi gleichzeitig.

Arturo kratzte sich nachdenklich am Kinn. »Das kann tatsächlich sein. Bevor ich Vicky am Pool getroffen habe, ist mir Coco entgegengekommen. Sie hat einen Spaziergang im Garten gemacht.«

»Also doch …«, murmelte Vicky geschockt.

Coco verbreitete im Internat Lügen über sie. Und das Schlimme war: Die anderen kauften ihr diese abscheulichen Lügen auch noch ab, ohne sie zu hinterfragen oder offen mit Vicky darüber zu reden.

»Vielen Dank für deine Hilfe«, hörte sie Luna zu Arturo sagen. Sie fühlte sich wie betäubt, so als hätte ihr jemand einen Schlag auf den Kopf verpasst.

Maxi und Luna nahmen Vicky in ihre Mitte.

Maxis Augen blitzten vor Tatendrang. »Kommt, wir gehen. Jetzt kann Coco aber was erleben!«

Vicky sah über die Schulter zurück in den üppigen, grünen Garten. Wie friedlich er wirkte! Ein kleines Paradies auf Erden. Gleichzeitig hatte sie das Gefühl, als könnte jederzeit eine giftige Schlange über den feuchten Boden kriechen und sie angreifen.

»Es wird alles gut werden!«, rief Arturo ihr aufmunternd nach.

Vicky nickte, obwohl sie nicht daran glaubte.

»Du schaffst das!«, raunte Luna Vicky zu.

Maxi streckte den Daumen in die Höhe, bevor sie sich auf ihren Platz im Klassenzimmer setzte. »Viel Glück!«

Vicky wischte im Zeitlupentempo die Tafel. Ihr Herz klopfte bis zum Hals. Jetzt gab es kein Zurück mehr. Bei ihrer Krisensitzung gestern waren Vicky, Luna und Maxi zu dem einstimmigen Beschluss gekommen, dass es keine andere Möglichkeit gab als den mutigen Angriff nach vorne.

»Guten Morgen!« Sami Swan betrat das Klassenzimmer. »Danke, Vicky, du kannst dich jetzt setzen. Die Tafel ist blitzsauber.«

Vicky legte den Schwamm ab. Dann holte sie tief Luft. »Ich habe eine Frage, die ich Ihnen als Klassensprecherin gerne vor den anderen stellen möchte.«

»Ach ja?« Der Lehrer zögerte kurz. »Eigentlich haben wir heute viel vor, aber wenn es so wichtig ist …«

Vicky ließ sich nicht aus der Ruhe bringen. »Das ist es.«

Sie spürte die misstrauischen Blicke ihrer Mitschülerinnen. Nur Luna und Maxi waren eingeweiht, alle anderen wussten noch nicht, was auf sie zukam. Coco starrte Vicky feindselig an.

»Dann schieß mal los«, sagte Sami Swan.

Vicky wollte es so schnell wie möglich hinter sich

bringen. Rasch bückte sie sich und zog aus ihrer Schultasche zwei DIN-A4-Blätter. »Sie kennen sich doch bestimmt mit dem Urheberrecht in der Musikbranche aus, oder?« Die Formulierung stammte von Luna. Ihr Vater war Rechtsanwalt, und das Wort »Urheberrecht« hatte sie aus seinen Erzählungen von der Arbeit aufgeschnappt.

»Ja, schon.« Der Lehrer wurde neugierig.

»Bitte sehen Sie sich diese beiden Songtexte kurz an«, bat Vicky. »Der hier auf dem ersten Blatt wurde in den 80er Jahren geschrieben, der andere vor zwei Monaten. Fällt Ihnen bei dem neueren Text irgendetwas auf?« Sie hatte bewusst die Namen der Verfasser nicht mit ausgedruckt.

Sami Swan nahm die Blätter entgegen und überflog sie mit gerunzelter Stirn. »Zwei tolle Lyrics«, lobte er. »Beide überzeugend und sehr eigenständig. Aber ich verstehe deine Frage nicht ganz. Was meinst du mit Urheberrecht? Ach so! Weil zwei Wörter gleich sind? Nein, das ist kein Problem. So etwas kommt bei Songtexten häufig vor. Das ist kein Verstoß gegen das Urheberrecht.« Er gab Vicky die Blätter zurück. »Aber warum willst du das wissen?«

Die Klasse hörte gebannt zu.

»Ach, nur so«, behauptete Vicky. »Neulich hatten wir eine spannende Diskussion in der Klasse. Es ging um Plagiate: wann man sagen kann, dass jemand einen Song von einem anderen geklaut hat und wann nicht. Wir haben heiß diskutiert und waren uns nicht einig. Deshalb hab ich mal ein Beispiel herausgegriffen und mitgebracht.«

Der Lehrer war angenehm überrascht. »Ich finde es prima, dass ihr euch schon in der sechsten Klasse mit solchen komplexen Themen auseinandersetzt. Wenn ihr möchtet, können wir heute einen kleinen Exkurs zum Urheberrecht einschieben.«

»Ja, gerne!«, sagte Maxi sofort.

Sami Swan griff zur Kreide und schrieb ein paar Schlagworte an die Tafel.

Vicky steckte inzwischen die Blätter zurück in ihre Tasche. Dann machte sie einen kleinen Umweg zu ihrem Platz, um an Cocos Pult vorbeizukommen.

Ihre Mitschülerin war knallrot angelaufen. Sie konnte Vicky nicht mal in die Augen sehen.

Katharina begriff als Erste, was los war. »Coco hat gelogen, nicht Vicky«, flüsterte sie ihrer Banknachbarin Josephine zu.

Die gab es schnell an Lissi weiter und die wiederum an Azuka. Innerhalb weniger Sekunden breitete sich die Neuigkeit wie ein Lauffeuer in der Klasse aus:

»Coco ist eine Lügnerin!«

Coco erntete reihenweise Unverständnis, Kopfschütteln und ablehnende Blicke. Nur Jil hielt tapfer zu ihrer Freundin und versuchte sie zu trösten, was ihr nicht wirklich gelang. Coco schämte sich, und jede in der Klasse konnte es sehen.

Sami Swan drehte sich um. »Ruhe bitte! Was gibt es denn da zu tuscheln?«

Die Schülerinnen verstummten. Vicky ließ sich erschöpft auf ihren Stuhl fallen. Es kam ihr vor, als hätte sie gerade einen Fünf-Stunden-Marathon hinter sich gebracht.

Luna kritzelte etwas auf einen Zettel und schob ihn zu ihr rüber. Darauf stand in orangefarbenen Großbuchstaben: »1:0 für Vicky!«

13. Kapitel

Vicky saß auf einem Berg aus azurblauen Koffern und wartete auf den Bus. Ihre Hände spielten mit dem weißen geflochtenen Lederarmband. Das brauchte sie jetzt nicht mehr. Was sollte sie bloß damit anfangen?

Vicky war ganz alleine auf dem Parkplatz. Kein Lachen um sie herum, keine aufgeregten Mädchenstimmen. Nur eine einsame Möwe kreiste über dem reetgedeckten Haus. Heiser krächzte sie ihr trauriges Lied.

»Leb wohl!«, hörte Vicky aus dem Krächzen heraus. »Leb wohl!«

Dann bog der Bus doch noch um die Ecke. Es war ein klappriger Kastenwagen mit verbogener Stoßstange und verdreckten Reifen. Mit quietschenden Bremsen stoppte er auf dem einsamen Parkplatz.

Eine junge Busfahrerin stieg aus. »Bist du so weit?«, fragte sie unwirsch. »Los, räum dein Gepäck in den Kofferraum. Das wirst du ja wohl noch alleine schaffen.«

Vickys Augen füllten sich mit Tränen. »Gleich. Ich will nur noch einen Abschiedssong spielen – bitte!«

»Wenn's unbedingt sein muss!«, knurrte die Busfahrerin.

Vicky packte ihre Gitarre aus und begann leise zu spielen. Es war ein melancholischer Song in Moll.

Was mach ich am Meer?
Weiß es nicht mehr.
Alles hat keinen Sinn.
Weiß nicht, wer ich bin.

Angelockt von der Musik, kam ein rothaariges Mädchen vom Strand herüber. Mitten auf dem Parkplatz fing sie an zu tanzen. Vicky nickte dem Mädchen zu und sang den Refrain.

Vorbei ist der Traum
ein Star zu sein.
Vorbei ist der Traum.
Werd' nie mehr glücklich sein.

Das rothaarige Mädchen tanzte einen wunderschönen, traurigen Tanz dazu. Sie sah aus wie ein einsamer Schwan.

Kaum war der Schlussakkord verklungen, trommelte

die Busfahrerin ungeduldig gegen die Fensterscheibe. »Okay, jetzt ist aber genug.«

Stille.

Vicky, das tanzende Mädchen und die Busfahrerin blieben stumm stehen. Dann gingen sie langsam aufeinander zu. Das Scheinwerferlicht konzentrierte sich auf die Gesichter von Vicky, Luna und Maxi. Das Licht erlosch schlagartig. Die Bühne wurde dunkel.

Im Zuschauerraum brach ein Riesenapplaus los.

»Bravo, bravo!«

Vicky, Luna und Maxi reichten sich die Hände und traten gemeinsam an den Bühnenrand. Sie verbeugten sich wieder und wieder. Ihre Mitschülerinnen klatschten und pfiffen.

Celina Pinto kam zu den drei Mädchen auf die Bühne. »Das war großartig! Maxi, mit dir möchte ich im richtigen Leben nicht Bus fahren, so schroff und fies wie du aufgetreten bist!« Sie lachte. »Luna, du hast so schön getanzt! Vicky, dein Spiel hat mich sehr berührt. Die Trauer deiner Figur um den verlorenen Traum, ein Star zu sein, ihre Verletzlichkeit, die sie trotzdem ganz offen zeigt. Einfach toll!«

»Danke!« Vickys Wangen glühten vor Stolz.

Das Lob ihrer Lieblingslehrerin tat unglaublich gut. Die Schauspielstunden bei ihr machten Vicky großen Spaß. Bestimmt lag es daran, dass Celina Pinto ihren Schülerinnen große Freiheiten ließ. Die kleine Szene mit Maxi und Luna zum Beispiel hatte Vicky sich selbst ausgedacht. Sie hatte ihre ersten Erfahrungen an der Star-Schule verarbeiten wollen, und das war ihr anscheinend ziemlich gut gelungen. Wenn man mal von Cocos eingefrorenem Lächeln im Zuschauerraum absah. Aber Coco zählte nicht, die würde ihr auch noch in zehn Jahren keinen Erfolg gönnen.

»Danke!«, flüsterte Vicky Luna und Maxi zu.

Ohne die beiden wäre die Szene nie so gut geworden. Ohne sie hätte Vicky das alles nie geschafft.

Nach der Schauspielstunde war Vicky einfach nur glücklich. Zusammen mit Luna, Maxi und den anderen lief sie zum Klassenzimmer im Fischerhaus. Die Wege waren ihr mittlerweile richtig vertraut. Sie konnte es selbst kaum glauben, dass sie jetzt schon einen Monat in der Star-Schule war.

Was hatte sie in dieser kurzen Zeit alles erlebt! Höhepunkte beim Singen, Tiefpunkte beim Tanzen, die tolle Unterstützung von Luna und Maxi und dann die gemeine Intrige von Coco. Hinterher hatte Coco übrigens scheinheilig behauptet, sie hätte sich wohl verhört beim Gewächshaus. Von wegen! Vicky glaubte ihr kein Wort. So schnell würde sie ihr das nicht verzeihen.

Bei den anderen Mitschülerinnen fiel es Vicky leichter. Sie hätten natürlich nachfragen können. Andererseits hatten sie sich danach bei Vicky entschuldigt, dass sie so leichtgläubig gewesen waren. Besonders Katharina war ganz zerknirscht gewesen. Vicky war nicht nachtragend, sie hatte die Entschuldigungen angenommen.

Vicky, Luna und Maxi hatten es nicht besonders eilig, zum Kompositionsunterricht bei Iris Heller zu kommen. Die Stunde würde bestimmt wieder stinklangweilig werden.

Als Vicky mit ihren Freundinnen das Klassenzimmer betrat, drängten sich alle vorne bei der Tafel und starrten auf die Wand rechts daneben.

»Was ist denn hier los?«, fragte Maxi.

Vicky stellte sich auf die Zehenspitzen, um einen Blick auf die Wand zu erhaschen. Dort hing die Ranking-Liste der Newcomer, und das Blatt war nicht mehr komplett weiß! Sami Swan hatte am Ende des ersten Monats seine Bewertung abgegeben. Aber vor lauter Mädchenköpfen konnte Vicky die Namen nicht erkennen.

»Wer ist auf Platz eins?«, fragte Luna aufgeregt.

Josephine drehte sich zu Vicky, Maxi und Luna um. »Fleur!«

Das war eigentlich klar gewesen, dachte Vicky. Fleur hatte vom ersten Tag an hundertfünfzigprozentigen Einsatz gegeben. Sie war mit Abstand die beste Tänzerin in Mischa Weinfelds Klasse, hatte unglaublich hart an sich gearbeitet und die Kritik von Weinfeld und den anderen Lehrer immer sofort umgesetzt.

»Stimmt das wirklich?« Fleur schien als Einzige überrascht vom Ergebnis zu sein. »Aber ich mache doch ständig Fehler …«

»Du?« Azuka schüttelte ungläubig den Kopf. »Du bist absolut perfekt.«

Das fanden die anderen auch. Alle gönnten Fleur den ersten Platz. Nach einer Weile konnte Fleur sich auch endlich freuen.

Plötzlich ließ Maxi einen Schrei los. »Vicky! Du bist auf Platz zwei!«

»Was?!?«

Es war eigentlich sonst nicht ihre Art, aber jetzt fuhr Vicky die Ellenbogen aus und schob sich energisch nach vorne. Da stand es schwarz auf weiß: *Platz zwei: Viktoria*.

»Das gibt's doch nicht! Wahnsinn!« Vicky fiel erst Maxi und dann Luna stürmisch um den Hals.

Damit hatte sie nie im Leben gerechnet. Was für ein Erfolg! Das musste sie Sara erzählen und ihren Eltern. Die würden Augen machen!

»Gratuliere, Vicky!« – »Das hast du dir echt verdient!« – »Toll gemacht, Vicky!«

Die Glückwünsche kamen von allen Seiten, bis Jil mit lauter Stimme stolz dazwischenrief: »Coco ist übrigens auf Platz drei!«

Auch ihr wurde gratuliert, aber die Glückwünsche fielen deutlich verhaltener aus. Coco tat so, als würde ihr das gar nicht auffallen.

»So wichtig ist dieses Ranking nun auch wieder nicht«, behauptete sie betont gleichgültig. »Der erste Monat sagt ja noch gar nichts aus. Komm, Jil, lass uns noch ein bisschen Musik hören, bis die Heller kommt.«

Coco und Jil gingen zu ihrem Pult.

»*Du* hättest den zweiten Platz verdient«, hörte Vicky Jil empört murmeln. »Du bist viel besser als Vicky.«

Coco warf ihre langen Haare über die Schulter nach hinten. »A new star is born«, sang sie vor sich hin. »A new star in the sky – and that's me.«

»Wer's glaubt, wird selig«, kommentierte Maxi trocken.

Das hörte Coco nicht mehr, weil sie bereits ihre Ohren zugestöpselt hatte. Mit einem selbstzufriedenen Lächeln lauschte sie der Musik.

Vicky schwankte zwischen Lachen und Wut. Wie schaffte Coco es bloß, sie regelmäßig an den Rand des Wahnsinns zu treiben?

Nach dem Mittagessen verabredeten Vicky, Luna und Maxi sich zu einem Strandspaziergang. Es war windig und kühl. Die Wellen donnerten ihnen entgegen. Heute waren sie meterhoch und das Meer so aufgewühlt wie noch nie. Vicky zog trotzdem ihre Schuhe aus, befestigte sie mit den Schnürsenkeln am Rucksack und stellte sich mit dem Gesicht zur Brandung. Jedes Mal, wenn eine neue Welle kam, spülte sie Sand unter ihren Füßen weg. Es kam ihr vor, als würde eine unsichtbare Nixe sie ins Wasser locken wollen. Aber zum Baden war es heute definitiv zu kalt.

Das Meer war so gewaltig. Es war so viel stärker als sie, und dennoch fühlte Vicky sich geborgen und aufgehoben. Sie breitete die Arme ganz weit aus und stemmte sich gegen den Wind.

»Pass auf, dass der Wind dich nicht umpustet!«, rief Luna lachend. »Wir brauchen dich nämlich noch.«

»Wofür?«, wollte Vicky wissen. »Soll ich euch etwa dabei helfen, Coco unauffällig um die Ecke zu bringen?«

Maxi grinste. »Keine schlechte Idee, aber ich hab keine Lust, den Rest meines Lebens im Gefängnis zu verbringen. Da werde ich lieber ein Star.«

»Ich auch!« Vicky drehte sich um und sah zum Haupthaus des Internats hoch. Vom Strand aus wirkte es noch mächtiger als von der Straße. Über dem Reetdach türmten sich dunkelgraue Wolkenberge.

Luna kräuselte die Stirn. »Ich fürchte, es wird gleich regnen. Wir könnten in die Teestube gehen und uns dort aufwärmen.«

»Das machen wir!« Auch Maxi fror in ihrer leichten Windjacke, obwohl sie das nie zugegeben hätte.

Zu dritt schlugen sie den Weg ins Dorf ein. Über eine Holztreppe erreichten sie das Hochufer. Auf dem schmalen Pfad versank man nicht so tief im Sand wie unten am Strand.

Vicky blieb immer wieder stehen und betrachtete beeindruckt das aufgewühlte Meer. Plötzlich entdeckte sie einen kleinen schwarzen Punkt ziemlich weit draußen, der sich tanzend auf den Wellen hin und her bewegte.

Sie machte Luna und Maxi darauf aufmerksam. »Seht ihr das auch? Was ist das?«

»Das muss ein Kitesurfer sein. Maxi kniff die Augen zusammen. »Ja, er steht auf einem Board, und über seinem Kopf fliegt der Lenkdrachen.«

Luna rief bestürzt: »Was macht der denn bei dem Wetter da draußen? Das ist doch bestimmt gefährlich!«

»Er hat die hohen Wellen ganz gut im Griff«, sagte Maxi, die selber schon mal Kitesurfen ausprobiert hatte. »Trotzdem muss er aufpassen, dass ihn die Strömung nicht noch weiter hinaustreibt.«

Vicky war nicht wohl bei der Sache. »Kommt, wir gehen wieder runter und winken ihm, damit er sich an uns orientieren kann.«

Bei der nächsten Abzweigung hasteten sie einen steilen Weg hinab. Zu dritt stellten sie sich am Strand nebeneinander und winkten dem Surfer zu.

Es war nicht klar, ob er sie gesehen hatte, aber kurz darauf näherte er sich tatsächlich im Zeitlupentempo dem Ufer. Geschickt steuerte er den Lenkdrachen im Wind. Endlich hatte er es geschafft. Das Board schrammte über den mit Muscheln und Steinen übersäten Strand. Der Lenkdrachen stürzte wie ein Raubvogel in die Tiefe und blähte sich noch einmal auf, bevor er in sich zusammensackte. Genau in dem Augenblick begann es zu regnen.

Der Surfer, ein junger, ca. 18-jähriger Typ im Neoprenanzug, ließ sich der Länge nach in den Sand fallen. Er keuchte vor Anstrengung und Erschöpfung.

»Alles okay?«, fragte Luna besorgt. »Geht es dir gut?«

Der Surfer rieb sich stöhnend die Oberschenkel. »Ja, schon ...«

Er war sehr schlank, muskulös und groß. An irgendjemanden erinnerte er Vicky, aber sie kam nicht darauf, an wen.

»Das hätte übel ausgehen können«, sagte Maxi. »Selbst wenn man so sportlich ist wie du. Die Wellen sind echt hoch heute.«

Langsam richtete sich der Surfer auf. »Du hast recht, ich hab meine Kräfte etwas überschätzt. Ich wollte den Kopf frei bekommen und bin trotz Warnung vom Wetterbericht einfach losgezogen.«

»Es ist ja zum Glück noch mal gutgegangen.« Vicky kramte in ihrem Rucksack. »Hier, ich hab eine Mütze dabei. Die solltest du aufsetzen, damit du dich nicht erkältest.«

»Lieb von dir.« Der Surfer fuhr sich lässig durch die strubbeligen, weißblonden Haare. Dann zog er sich die Mütze tief in die Stirn. »Danke, dass ihr gewinkt habt. Das hat mir geholfen. Was treibt ihr eigentlich bei dem ungemütlichen Wetter hier draußen? Rettet ihr hauptberuflich Surfer wie mich?«

Maxi musste lachen. »Nein, wir gehen auf die Star-Schule und wollten einen Ausflug zur Teestube machen.«

»Da komme ich mit! Ich zieh mich nur noch schnell

um.« Der Surfer schnallte seinen Brustgurt ab und raffte den Lenkdrachen samt Leinen zusammen. Dann verschwand er hinter einer Düne. Als er wieder auftauchte, klemmte er sich seine Ausrüstung unter den Arm. Jetzt wirkte er wieder überraschend fit.

Zur Teestube waren es nur noch zehn Minuten Fußweg. Durchgefroren und nass kamen sie an und setzten sich sofort an den Tisch am Kamin. Vicky sah sich in dem gemütlichen Raum mit den plüschigen Sofas um und stellte fest, dass das wohl ihr neuer Lieblingstreffpunkt werden würde. Sie waren die einzigen Gäste. Offensichtlich waren die Touristen wegen des Regens in ihren Hotels und Pensionen geblieben.

»Was darf's denn sein?«, fragte die Bedienung.

»Ich lade euch ein«, sagte der Surfer. »Bringen Sie uns bitte vier Becher heiße Schokolade und den besten Kuchen, den Sie haben.« Er nahm die Mütze ab und massierte seine Wangenknochen.

Wieder hatte Vicky das merkwürdige Gefühl, ihn schon mal auf der Insel gesehen zu haben. Vielleicht bei der Fahrt mit den Pferdekutschen?

»Entschuldigt bitte.« Der Surfer streckte seine langen Beine in Richtung Kaminfeuer. »Ich hab mich noch gar nicht vorgestellt. Ich heiße …«

»… Philipp Stein!«, entfuhr es Vicky.

Endlich war es ihr eingefallen. Sie hatte den Schauspieler erst nicht erkannt, weil er in der TV-Soap lange dunkle Haare und eine völlig andere Frisur gehabt hatte. Luna und Maxi war es genauso gegangen. Ungläubig starrten sie den Soap-Darsteller an.

Philipp Stein grinste breit und schien sich über den Überraschungseffekt zu freuen. »Genau der bin ich.«

»Äh … ich bin Maxi.« Selbst Maxi gingen die schlagfertigen Sprüche aus.

Vicky und Luna nannten auch ihre Namen. Vicky musste sich eingestehen, dass Philipp Stein live noch besser aussah als im Fernsehen. Dabei mochte sie die Soap eigentlich gar nicht, in der er den Sohn eines reichen Hotelbesitzers spielte.

Die Unterhaltung stockte. Keiner wusste so recht, was er sagen sollte. Da brachte die Bedienung ein großes Tablett mit dampfender heißer Schokolade und duftendem Butterkuchen.

Maxi rief laut: »Jaaa! Ich hab einen solchen Hunger, ich könnte jetzt auch ein Wildschwein aufessen.«

Alle lachten. Damit war das Eis gebrochen.

»Wie ist das denn bei den Dreharbeiten zu einer Soap?«, erkundigte sich Luna. Unauffällig wechselte sie wieder zum Sie: »Das läuft ja über eine längere Zeit. Wie würden Sie das beschreiben? Wird man da so was wie eine Familie?«

Philipp Stein verschluckte sich an seinem Butterkuchen und musste husten. »Könnte man so sagen, ja. Es gibt Zusammenhalt, schöne Momente und natürlich auch mal Streit. Ist ein ziemlich verrückter Zustand, solange man dreht.« Er hustete wieder. »Aber jetzt bin ich froh, hier zu sein. Ich freu mich schon auf mein Gast-Coaching.«

»Wir uns auch!«, rutschte es Vicky heraus. Prompt wurde sie ein bisschen rot.

Philipp Stein tat so, als hätte er es nicht bemerkt. »Und euch gefällt es auf der Star-Schule? Ihr habt euch gut eingelebt? Das ist schön. Es ist toll, wenn man Freundschaften knüpft und die spannenden Erlebnisse teilen kann. Ihr seid doch Freundinnen, oder?«

Vicky sah Luna und Maxi an. Es machte Klick!, und alle fingen gleichzeitig an zu strahlen. Bis jetzt hatten sie noch nicht darüber gesprochen, aber es fiel Vicky ganz leicht zu sagen: »Ja, wir sind Freundinnen!«